희망의 결말

おのぞみの 結末

Book #5 Onozomi no Ketsumatsu
by Shinichi Hoshi

"Ichinenkan", "Hitotsu no Mokuhyô", "Ano Otoko Kono Byôki",
"Shinnyûsha tono Kaiwa", "Genjitsu", "Shitashige na Akuma",
"Wagako no tame ni", "Aru Uranai", "Onozomi no Ketsumatsu",
"Sora no Shinigami", and "Yôkyû" were written by Shinichi Hoshi,
originally published in Onozomi no Ketsumatsu in 1975 by Innertrip,
Tokyo. A paperback edition of the book is currently published by
Shinchosha, Tokyo.

희망의 결말

おのぞみの結末

호시신이치 지음

이영미 옮김

하빌리스

목차

1년 동안

휴일 오후. 청년이 자기 집에서 멍하니 시간을 보내고 있는데, 현관 초인종이 울렸다.

문을 열자 웬 여자가 서 있었다. 얼굴이 예쁘장한 젊은 여자였다. 그 뒤로 또 한 명의 여자가 서 있었는데, 그쪽은 그다지 미인은 아니었다. 두 사람 다 낯선 얼굴이었다.

"무슨 일로…?"

청년이 묻자 여자가 대답했다.

"저어, 잠깐 드릴 말씀이 있어서요. 들어가도 될까요? 폐를 끼치려는 건 결코 아닌데…."

"들어오시죠."

청년은 마침 무료하던 참이었다. 안으로 들어온 여자는 청년이 권하는 대로 의자에 앉았다. 다른 한 여자는 어딘지 모르게 어색한 몸짓으로 뒤따라 들어와서 그 옆에 섰다. 의자에 앉은 여자가 말했다.

"혼자 사시나 봐요?"

"아, 네. 당분간은 자유로운 생활을 즐기려고 해요. 그래서 결혼은 아직 먼 얘기죠."

"좋으시겠어요. 하지만 혼자 살다 보면 불편한 점도 있으시죠? 아침 식사라거나 집 청소, 옷 손질도 그렇고⋯."

"그 정도야 어쩔 수 없죠. 그런데 왜 그런 걸 물으시죠? 그건 그렇고, 오신 용건은⋯?"

그 질문에 여자가 미소 지으며 대답했다.

"사실은 로봇을 추천해 드리려고 찾아뵈었어요. 한번 써 보시겠어요?"

무표정하게 옆에 가만히 서 있는 여자를 힐끗 쳐다본 청년이 고개를 끄덕였다.

"아하 과연, 그런 거였군요. 설마 로봇일 줄은⋯."

"한번 써 보시면 얼마나 편리한지 금방 아실 거예

요. 명령만 내리면 집안일을 척척 해 놓거든요."

"그야 물론 없는 것보다야 낫겠죠. 그런데 로봇치고
는 상당히 정교한 장치로군요."

"물론이죠. 게다가 이루 말할 수 없이 튼튼해요. 고
장은 전혀…."

"그런 뜻으로 한 말이 아니에요. 제 말은 보나 마나
가격도 꽤 비싸겠다는…."

"구입하시는 경우는 싸진 않겠지만, 대여하는 방식
도 있어요. 예를 들어 1년 동안이면…."

여자가 금액을 말했다. 조금 부담은 되지만, 터무니
없는 금액은 아니었다. 그로서도 충분히 지불할 수 있
는 금액이었다.

"…1년 동안 써 보시고, 계속 대여하실지 구입하실
지 그만두실지 다시 결정할 수도 있어요."

"잠깐 생각할 시간을 좀…."

청년은 생각에 잠겼다. 으음, 나쁘지 않을지도 몰
라. 기분은 좀 좋아지겠지. 그런 생각을 하며 의자에
앉아 있는 여자에게 시선을 돌렸다.

상당히 매력적인 여성이었다. 지금까지 나눈 대화
로 그걸 알 수 있었다.

"어떻게 하시겠어요?"

여자가 재촉했다. 바로 그때 청년의 머릿속에 어떤 생각이 번쩍 떠올랐다. 스스로도 묘안이다 싶었다.

"1년 동안 대여해 보기로 하죠. 요금은 바로 지불하겠습니다. 오늘부터 당장 써 보고 싶어졌거든."

"고맙습니다. 고장은 절대 안 날 거예요. 그럼, 내년 오늘 날짜에 다시 상담하기로 하고…."

그 말을 들으며 청년이 비용을 지불했다. 그러고는 서 있는 여자에게 말했다.

"그럼, 회사에 가서 보고해 줘. 확실하게 1년 동안 대여했다고…."

"네, 알겠습니다."

그녀는 무표정한 얼굴로 대답하고는 문밖으로 나갔다. 서둘러 문을 잠근 청년이 여자 쪽으로 돌아와서 말했다.

"자 그럼…."

"뭐죠?"

"이제 오늘부터 1년 동안 넌 내 거야. 돈은 확실하게 지불했어. 불만은 없겠지…."

청년은 내심 우쭐해졌다. 이렇게 해서 설명 역할을

맡았던 여자를 손에 넣었다. 거친 숨결로 의자에 앉아 있는 여자에게 달려들며 끌어안았다. 그 순간, 그는 기겁을 하며 비명을 질렀다.

"뭐, 뭐야… 이게! 네가 로봇이었어?"

"네, 난 로봇이에요. 정말 잘 만들어졌죠? 자, 그럼 무슨 일부터 해 드릴까요?"

청년은 한동안 넋을 잃고 멍하니 있었지만, 새삼 억울한 마음이 들었다.

"감쪽같이 속았군. 제대로 한 방 먹었어. 설마 이쪽이 로봇일 줄이야. 비용까지 다 지불했으니 이제 물릴 수도 없고…. 하지만 후회해도 소용없어. 어쨌든 로봇을 1년 동안 사용할 수밖에. 그렇다면 철저하게 활용해야지."

"그렇죠."

"잠깐 나갔다 올 테니, 그동안 집 청소나 해 둬."

"네."

산책을 하고 돌아오니, 모든 게 깨끗이 정리되어 있었다. 그는 조금 만족스러웠다.

"저녁 식사 좀 준비해 줘. 오늘은 중국요리를 먹고 싶군."

"네."

이런 흐름이라면 그리 손해는 아닐 듯했다. 이렇게 해서 청년과 로봇의 생활이 시작되었다.

그는 회사 일을 집까지 들고 올 때가 있었다. 일을 좀 도우라고 시켜 볼까.

"이 계산 좀 해 줘."

"네."

순조로운 출발 같았다. 제대로 한 방 먹은 게 아니라, 이건 어쩌면 대단한 횡재일지도 모른다. 그런데 날이 갈수록 차츰 뭔가가 이상해졌다.

"자, 오늘도 계산 좀 부탁해."

"별로 내키질 않아요."

"불평하지 마. 내가 하라고 명령하잖아. 당장 시작해!"

큰 소리로 고함을 치자, 로봇은 마지못해 일하기 시작했다. 시간이 꽤 많이 걸렸고, 그래서인지 다음 날 아침 식사에 내놓은 커피 맛이 살짝 연했다.

"너 좀 이상한 거 아니야?"

"아뇨, 괜찮아요. 모든 게 문제없이 작동하고 있어요. 고장이 나면 전파가 발신돼서 본사에서 사람이 나와요. 그런 경우가 아니면, 아무도 찾아오지 않아요."

그런데도 어딘지 모르게 이상했다. 요리를 담아내는 모양새가 엉성해졌다. 식기를 차리는 방식도 변했다. 처음에는 단정하고 깔끔했는데, 지금은 그렇지가 않다.

"아무래도 어딘가가 고장 난 것 같군."

"아니에요. 지극히 정상이에요."

"거참, 희한하네…."

청년은 회사로 출근했다. 점심시간에 결혼해서 처자식이 있는 선배 직원에게 그와 관련된 이야기를 꺼내 보았다.

"실은 얼마 전부터 집에서 로봇을 쓰고 있어요. 교묘한 상술로 밀어붙이는 바람에 넘어가 버렸거든요."

"자네도 그랬나? 나도 마찬가지야. 녀석들은 아주 교묘해. 끈덕지게 매달리는 영업 사원한테 시달린 적이 있었지. 그런데 그 뒤로 또 다른 영업 사원이 찾아와서는 로봇을 써 보지 않겠느냐고 들이미는 거야. 성가신 방문객 상대도 대신 맡아 준다면서. 나중에 생각해 보니 아마도 다 한패였겠다 싶더군."

"저는 여자 둘이 왔어요. 인간일 거라고 굳게 믿었

던 쪽이 어이없게도 로봇이었죠….”

“보나 마나 양쪽 다 로봇일 거야. 워낙에 잘 만들어졌더군.”

“뭐 로봇인 건 상관없는데, 요즘에는 기대한 만큼 일을 안 해요. 고함을 치며 명령해야 마지못해 움직이고, 지칠 리가 없을 텐데 다른 일에 영향을 받는 거 같기도 하고. 선배님 댁의 로봇은 아무 이상 없던가요?”

“허어, 자네 집도 그런가? 우리도 마찬가지야. 아내가 쓰기 불편하다고 불평을 해 대지. 결과적으로는 그럭저럭 명령대로 따르긴 하는데, 그때까지가 여간 힘든 게 아니야. 정중한 말로 부탁해야 간신히 움직여 준 적도 있다니까.”

“저도 그렇게 해 봐야 할까요.”

“아냐, 그런다고 해서 매번 잘 풀린다고 장담할 수도 없어. 이렇게 된 마당에는 1년 동안 어르고 달래 가면서 어떻게든 잘 써먹는 수밖에 없어. 계약을 갱신할 때 불만을 토로할 생각이야.”

“선배님 댁도 그런 거라면, 저만 예외였던 건 아니군요. 도대체 어떻게 된 걸까요? 영문을 모르겠어요.”

로봇을 부리기가 힘든 상황은 여전히 변함이 없었다.

"술 생각이 나는군. 저쪽 술집에 가서 좀 사 와."

"내키질 않아요."

"그러지 말고 좀 갔다 와. 부탁 좀 할게. 널 부리려면 이래저래 머리를 엄청 써야 돼서 너무 힘들다고. 그러니 술 생각도 날 만하잖아. 응? 이해되지, 이런 내 기분? 좀 사다 줄 수 없을까?"

"그럼, 사다 드리죠."

간신히 술심부름을 시켰다. 그 술을 마시면서 심지어 이런 의심까지 하게 되었다. 이 로봇은 주인의 욕구 불만을 부추겨서 술을 안 마시고는 못 배기게 만드는 작용을 하는 건 아닐까? 혹시 그쪽 방면 기업이 관련되어 있는 건 아닐까?

시간이 지나도 상황은 나아지질 않았다. 로봇이 좀처럼 움직이질 않아서 급기야 홧김에 손찌검을 한 후에야 간신히 일하기 시작한 적도 있었다. 도무지 로봇이라는 이름에는 걸맞지 않았다. 과연 그 내부 구조는 어떻게 되어 있을까.

10개월쯤 지났다. 청년이 회사에 출근하자, 선배 직원이 말을 건넸다.

"우리는 로봇 계약 갱신했어."

"저희 집은 두 달 남았어요. 그런데 뭘 좀 알아내셨어요? 역시 어딘가가 고장 났던 거죠?"

"그런 게 아니더라고. 설명을 들었는데, 원래부터 그런 식으로 만들어졌다더군. 그게 다 인간을 위한 거라나…."

"도대체 어디가 어떻게 인간에게 도움이 된다는 거죠?"

"너무 완벽하게 충실하면, 부리는 인간의 사고가 단순화되어 버린대. 로봇이 꾸물대는 이유는 그 명령이 할 만한 가치가 있는지 없는지 사용자인 인간이 스스로가 자기 목소리로 판단을 내릴 수 있도록 하기 위해서래. 생각해 보니 나도 고함을 치면서 이건 중대한 일이라고 스스로에게 확인시켰다는 걸 알아챘어. 덕분에 나와 아내도 다행히 지난 1년 동안 건망증이 심해지질 않았어. 오히려 정신이 더 맑아졌을지도 몰라."

"그 말에 공감해서 1년을 더 써 보실 마음이…."

"어어, 돌이켜 보니 아내가 아팠을 때는 명령을 바로바로 따라서 아이도 돌보고 잘해 줬거든."

"그걸로 만족하신다면 다행이죠. 하지만 저는 아직 독신이고, 그런 건 필요 없어요."

그리고 정확히 1년째가 되는 날, 로봇 서비스 회사의 직원이라는 사람이 찾아왔다.

"어떻게 하시겠습니까?"

"사정 얘기는 지인에게 들었어요. 그 말도 일리가 있을지 모르지만, 저는 계약을 갱신할 의향이 없습니다. 데리고 가 주세요."

"그러시군요. 젊으시니 당연히 그럴지도 모르겠네요. 기회가 되면, 나중에 다시 한번 찾아뵙겠습니다."

"그러시죠."

"나중에 가서는 지난 1년 동안의 체험이 그리 나쁘지 않았다는 생각이 드실 겁니다."

"글쎄, 어떨지."

로봇은 사라졌다. 청년은 생각했다. 휴우, 정말 이상한 1년이었어. 그런 물건일 줄은 몰랐는데… 그렇다면 차라리 인간 여자 쪽이 낫다는 거잖아. 그의 인생관이 얼마쯤 바뀌었다.

얼마 후 청년은 연애를 하고 결혼했다. 달콤한 날들이 흘러갔다. 아내는 고분고분하고 집안일도 잘했다. 청년은 회사 일을 집으로 들고 올 때도 있었다. 도와달라고 부탁하면 아내는 기꺼이 그 일을 거들어 주었다.

그러나 그런 일이 반복되자, 투덜투덜 불평을 하기 시작했다. 집안일도 마찬가지였다. 때로는 마음에 없는 칭찬을 하거나 고함을 쳐야만 했다. 그러나 파국으로까지는 치닫지 않았고, 두 사람 사이는 그럭저럭 유지되었다. 왜냐하면 그는 이미 로봇으로 그런 경험을 끝냈으니까.

한 가지 목표

F박사가 연구실에서 혼자 실험을 하고 있는데, 손님이 찾아왔다. 말쑥하게 차려입은 신사였다. 그가 목소리를 낮추며 말을 걸어왔다.

"저어, 실은 잠깐 드릴 말씀이 있는데….."

"무슨 얘깁니까? 난 바빠요. 짧게 말씀하시죠."

박사는 비커 속의 용액을 실험 장치 속으로 흘려 넣으며 말했다.

"저희 그룹에 가입해 주셨으면 해서 찾아뵈었습니다만….."

"저는 이미 여러 연구 단체에 가입했어요. 더 이상

쓸데없는 가입은 하고 싶질 않아요. 연구할 시간만 줄 어드니까."

"일에는 방해되지 않습니다. 오히려 선생님 연구에 더욱 의미를 더해 줄 그룹입니다."

"대체 무슨 그룹인데요?"

"설명은 드리겠습니다만, 이 얘기는 다른 사람에게 는 절대 비밀로 해 주시길 부탁드립니다."

"나는 수다쟁이도 아니고, 무책임한 인간도 아니 에요."

"잘 알고 있습니다. 그럼, 말씀드리죠. 저희는 세계 정복을 목표로 하는 그룹입니다."

"뭐라고…?"

박사는 실험하던 손길을 멈추고, 처음으로 상대의 얼 굴을 쳐다보았다. 진지해 보이는 표정을 하고 있었다.

"세계를 지배하려고 합니다."

"그게 대체 무슨 소리죠? 아이들 만화를 너무 많이 읽었거나 텔레비전 영화를 너무 많이 봤거나, 아무튼 어느 쪽이든 어리석기 짝이 없네요. 아니면 지금 무슨 농담을 하는 건가?"

"제가 선생님의 시간을 방해하려고 일부러 찾아온

사람처럼 보이십니까?"

"겉으로 보기엔 멀쩡해 보이는데… 지나치게 젊지
도 않고. 그렇다면 갑자기 머리라도 이상해졌나…?"

"아닙니다. 소개가 늦었습니다만, 저는 심리학을 전
공하는 학자입니다."

상대 남자가 명함을 내밀며 말했다. 그 이름은 F박
사도 알고 있었다.

"그렇군요. 미친 것 같지도 않은데…. 아니 대체 당
신처럼 훌륭한 분이 왜 그런 불온한 말을 하는 겁니
까? 농담 같지는 않지만 거절할게요. 그런 악질적인
음모 단체에 발을 들여놓다니…."

"비밀리에 일을 진행하고 있으니, 음모라고도 할 수
있겠죠. 그러나 악질이라고 단정 짓는 건 성급한 판단
입니다. 그거야말로 만화를 너무 많이 읽었거나 텔레
비전을 너무 많이 봐서…."

"얘기가 좀 이상하게 흘러가는군. 그렇다면 악질적
이지 않다는 이유나 한번 들어 봅시다."

일단 자초지종이나 먼저 듣고 나서 충고를 해도 해
야겠다고 박사는 생각했다. 상대가 말했다.

"그렇죠, 냉정하게 대화를 나눠 보는 게 좋겠습니

다. 세계의 현 상황과 관련해서 과연 지금 이대로 좋을
지 의견을 한 말씀….”

“아무래도 얘기가 너무 막연하군.”

“간단히 정리하자면, 지금 세계는 완전한 평화와는
거리가 먼 모습이지요. 모두 자국의 이익만 앞세우며,
어떤 형태로든 서로 싸우고 있어요. 무력행사의 징조
까지 보입니다. 이대로도 괜찮다고 보십니까?”

“그렇게 생각하진 않아요. 곤란한 상황이지.”

“그렇죠? 말은 번드르르하게 하지만, 현실 문제, 국
가 간의 격차는 좀처럼 좁혀지질 않아요. 자유와 질서
의 조화가 적절하게 갖춰진 나라는 거의 없죠. 교육 불
평등 문제는 어디에서나 보입니다. 부정한 짓으로 이
익을 거두면서 뻔뻔하게 흥청망청 사는 놈들도 많아
요. 공해, 자원, 에너지 같은 것들과 관련해서도 각국
이 뜻을 함께한다거나 서로 협조한다고는 절대 말할
수 없습니다.”

“하나하나 다 지당하신 말씀이군요.”

“예를 좀 더 들어 볼까요?”

“이제 됐어요. 그런 거라면 나도 얼마든지 지적할
수 있어요.”

"알고 계시면서 용케 태연하게 지내시는군요."

"하지만 화를 낸다고 변하는 건 없어요."

"포기의 경지로군요. 무리도 아니죠. 하지만 상황이 변했어요. 저희 그룹이 존재합니다. 멤버들이 서로 협력하면 얼마든지 개선이 가능합니다. 이런데도 여전히 악질이라고 생각하십니까?"

"사리사욕을 채우는 단체는 아닌 것 같군."

"그렇습니다. 아무나 멤버가 될 수 있는 것도 아니고요. 성실한 인물, 그것이 첫 번째 조건입니다. 따라서 인선人選은 매우 신중하게 진행하죠. 선생님의 경우도 먼저 목표 인물로 정한 뒤, 시간을 들여서 상세하게 조사해 봤습니다. 그리고 성품이 훌륭하시다는 사실을 알게 되었죠. 그래서 이렇게 찾아뵌 겁니다. 비밀을 털어놔도 괜찮겠다는 신뢰가 바탕이 되었기에…."

"좋은 방침이군…."

박사는 어느새 상대의 이야기에 빠져들고 말았다.

"이해해 주셔서 감사합니다. 그룹 안에는 전쟁이나 혁명 전략, 게릴라 활동 등을 상세하게 연구한 전문가가 있습니다. 우리의 목표를 성공시키려면 무엇보다 성실한 사람들이 모인 인적 구성이 필요하다는 결론에 도달했거든요."

그 말을 들은 박사가 파랗게 질렸다.

"게릴라 활동이라니, 도무지 내키질 않는군. 제아무리 목적이 좋아도 살인은 싫습니다. 피를 흘려서 뭔가를 구축하려는 자들의 마음만큼은 이해할 수가 없어요."

"지레짐작하시면 곤란합니다. 그런 유치한 짓은 안 해요. 살인이나 폭력으로 계획을 진행한다는 말은 한 적이 없습니다."

"그럼 어떻게 하겠다는 건데요?"

"사람을 움직이는 데는 돈, 이데올로기 등 여러 가지 방법이 있습니다. 하지만 그런 것들은 한계가 있어요. 그보다 훨씬 좋은 방법이 존재하기는 합니다. 바로 두뇌죠. 우수한 두뇌들이 서로 협력하면 세계에서 국경이라는 걸 없앨 수 있어요. 저희 단체에 가입해 주십사 찾아뵌 이유도 선생님이 1급 두뇌를 가진 분이기 때문이고…."

그런 칭찬을 듣자, 박사는 기분이 나쁘지는 않았다.

"저를 너무 과대평가하는 거 아닌가요? 전 그저 약품을 연구할 뿐인데요."

"바로 그 점이 좋은 겁니다. 그 연구만 계속해 주시면 됩니다."

"좀 더 구체적인 설명을…."

"사실은 새로운 신경안정제를 개발해 주셨으면 합니다. 효능은 현재의 약과 동일해도 되지만 거기에 함유된 성분을 쉽게 검출할 수 없는 약이 필요해요. 약 개발에 필요한 자재, 자료 혹은 협력자, 뭐든 말씀해 주시면 그룹 쪽에서 마련해 드리겠습니다."

"그런 신경안정제를 써서 뭘 어쩌려는 거죠?"

"쉽게 발끈하는 국민성을 가진 국가도 있게 마련입니다. 목적 달성에 방해가 되죠. 따라서 그 나라용 식료품에 그걸 조금 섞으려는 겁니다."

"그게 잘 될까요?"

"걱정 마세요. 우리 그룹에는 창고업자, 해운업자도 있습니다. 그들이 비밀리에 임무를 맡아 줄 거예요. 그 나라의 검역을 담당하는 기관에도 멤버들은 있지만, 만에 하나라는 사태가 있잖습니까. 그래서 성분이 쉽게 검출되지 않는 신경안정제가 필요한 겁니다."

"벌써 그 단계까지 준비가 갖춰져 있단 말이에요? 상당히 진행된 상태군."

박사는 적잖이 놀랐다. 처음에는 꾸며 낸 이야기라고 생각했는데, 이렇게 되니 믿고 싶은 마음도 생겼다. 그룹에 가입하는 게 좋을지도 모르겠다는 생각이 들기 시작했다. 상대가 말했다.

"저희의 취지를 이해해 주신 것 같군요."

"하지만 세계 정복은 절대 만만한 일이 아니에요. 고작해야 신경안정제를 뿌리는 정도로는…."

"물론 잘 알고 있습니다. 이것은 계획의 아주 작은 일부일 뿐이죠. 작전은 다각도로 전개되고 있습니다. 비밀 멤버는 각 나라와 지역, 각 부문의 중요한 위치에 있죠. 국적, 인종을 불문하고 서로 협력하고 있습니다. 그렇기 때문에 목적 달성이 꿈이 아닌 겁니다."

"예를 들면 그 밖에 어떤 작전이…?"

"이를테면 대통령의 주치의가 우리 그룹의 멤버인 나라도 있죠. 대통령을 병들게 하거나 죽일 수도 있지만, 그래서는 무의미해요. 살려 두고 이용하는 편이 더 좋죠."

"어떤 식으로?"

"진찰할 때 자백 약을 먹여서 중요한 정보를 캐내는 겁니다. 물론 그들의 약점도 함께요. 중요한 때에 상당한 도움이 됩니다. 국정을 좌지우지할 수 있으니까요."

"어디서나 뜻대로 풀린다고 장담할 순 없을 텐데요."

"매스컴 쪽에도 멤버를 숨겨 놨습니다. 스캔들을 흘려서 지도자를 실각시킬 수 있지요. 그다음에 이쪽의 입김이 미치는 사람으로 정권을 교체하면 됩니다. 그 나라 국민은 반대파의 음모라는 생각은 하겠지만, 설마하니 세계적인 그룹이 벌인 일이라고는 꿈에도…."

"정말 대단하네요."

"뛰어난 최면술사도 있어요. 어느 나라에서는 경찰의 거물급 관료가 우리 그룹의 일원이죠. 또 어느 나라에서는 원자력잠수함의 함장이 그렇고요."

"용케 그토록 거대한 조직을 만들었군요."

"누구나 마음속으로 품고 있을 세계 현황에 대한 불만. 거기에 호소했기 때문에 잘 풀리는 겁니다. 악행이 목적이었다면 이렇게까지 순조롭진 않았겠죠. 비밀이 유지되는 이유는 올바른 일이기 때문입니다. 어떻습니까, 선생님. 여기까지 들으셨는데, 이런 음모가 진행 중이라고 다른 데 가서 폭로하거나 계획을 엉망으로 만들어 버리고 싶은 마음이 드십니까?"

"확실히 그런 마음은 안 드네요."

"그럼, 가입해 주시는 거죠?"

그 말에 박사가 고개를 끄덕였다.

"협력하죠. 들으면 들을수록 훌륭한 작전이야. 게다가 인류 전체를 위해서….."

"그렇습니다. 애국심만으로 사람들이 이렇게까지 단결할 수는 없어요. 인류를 위한 행동이기 때문에 아무런 양심의 가책도 느끼지 않는 겁니다."

"맞는 말이라고 생각해요. 그럼 나도 바로 그 약품 연구에 착수해 보죠."

"부탁드립니다. 가끔 진행 상황을 보고 드리러 오겠습니다. 전화로 끝낼 수도 있습니다만, 정보는 꼭 알려 드리겠습니다. 인간은 누구나 돌아가는 상황을 잘 모르면 불안해지게 마련이고, 자기가 하고 있는 일에 의문을 품기 시작하죠. 그래선 안 되니까요."

"아무렴."

"그럼, 모쪼록 잘 부탁드립니다."

방문객은 돌아갔다. F박사는 왠지 모르게 기분이 밝아졌다. 지금까지는 연구를 위한 연구였다. 그런데 이제부터는 세계를 구하기 위한 연구를 하게 된 것이다.

보다 나은 세상을 만들기 위해 세계를 정복하려는 조직의 일원이 된다. F박사는 그 사실에 흥분을 느꼈다. 구체적인 목표가 제시된 것이다. 사명감도 불타올랐다. 게다가 스릴도 있었다. 즐거운 날들이 이어졌다. 일하는 보람도 있었고, 능률도 올라갔다.

박사는 성실한 성격이지만, 어수룩한 사람은 아니라서 때때로 그 이야기가 어쩌면 교묘한 사기일지도 모른다는 의심이 들 때도 있었다. 치켜세워서 신약을 만들게 하려는 계략일 수도 있잖은가.

그런 생각이 고개를 쳐들 때쯤이면, 남자가 연락을 해 왔다.

"걱정이 있으실 것 같아서요."

"아니, 뭐….'

"어려워 마시고 말씀해 주세요. 불편한 점이나 필요한 물건이나….'

"그렇다면 어느 제약 회사에서 이와 관련된 연구를 하고 있을 게 틀림없는데, 기업 비밀이라 알 수가 있어야 말이죠. 답답해서 죽을 지경인데….'

"모든 수단을 동원해서 알아봐 드리겠습니다."

"정말 그게 가능하단 말이에요? 아하, 그 회사 내부에도 멤버가 있다는 뜻이군."

"아뇨, 거기에는 없습니다. 그러나 우리 멤버 중에 우수한 전자공학자가 있습니다. 그 사람이 뛰어난 장치를 개발했거든요."

"무슨 장치를?"

"컴퓨터가 작동할 때, 미약한 전자장의 변화가 발생하죠. 그걸 어느 정도 떨어진 다른 장소에서 잡아내는 성능을 가진 장치입니다. 그걸 분석하면, 어떤 문제를 다루고 있는지 알아낼 수 있어요."

"그것 참 대단한데요. 그렇다면 컴퓨터로 오가는 정보 대부분이 우리 그룹 쪽으로 고스란히 샌다는 말 아닌가?"

"그렇습니다."

"사회문제로 떠오르지 않는 게 신기하네요."

"나쁜 짓에 이용하지 않기 때문입니다. 정의이기 때문에 비밀이 유지되는 겁니다. 그 전자공학자도 확실하고 성실한 사람입니다. 기대하시고 잠시만 기다려 주십시오."

얼마 후, 그 정보가 도착했다. 박사가 알고 싶어 했

던 바로 그 데이터였다. 보통 사람이 해낼 수 있는 수준이 아니었다.

천재적인 전자공학자가 조직의 일원이라는 말은 틀림없다. 그렇다면 세계 정복을 노리는 조직의 존재도 믿지 않을 수 없었다.

다른 멤버들도 훌륭하게 자기 몫을 해내는 듯했다. 그렇다면 그들에게 질 수는 없었다. 박사는 한층 더 연구에 열중했다. 이따금 남자에게서 연락이 왔다.

"연구 자금이 부족하진 않으십니까?"

"자금이야 물론 넉넉할수록 좋죠. 그만큼 완성이 앞당겨질 테니까."

"부디 빨리 완성해 주시기 바랍니다. 비용은 얼마면 될지…?"

"그런데 좀 신경이 쓰이는 부분이 있네요. 큰 부자가 후원자로 붙었다는 거 말인데, 우리의 세계 정복은 인류를 위한다는 생각이 바탕에 있잖아요. 그런 후원자가 붙으면 나중에 분명 성가셔질 거예요. 그자에게 고개를 못 들게 될 테니까."

"절대 그런 조건이 붙은 자금이 아니고…."

"그럼 뭐죠? 어느 거대 은행의 컴퓨터를 교묘하게

해킹해서 감쪽같이 돈을 빼돌리는 방식인가? 우수한 인재가 있으면 가능할지도 모르겠지만, 그런 나쁜 짓을 해서 만든 돈이라면 그건 그것대로 불쾌한데요."

"아닙니다. 당장 설명해 드리죠. 실은 멤버 중 한 사람이 지질학자입니다. 지층 분석기를 만들고 싶다 하기에 거기에 필요한 다른 분야의 지식을 그룹 내 전문가들로부터 얻어다 제공해 드렸죠. 그러자 엄청난 걸 만들어 주셨습니다."

"그게 뭔데요?"

"다이아몬드 광맥 탐지기입니다. 그것을 들고 곳곳을 돌아다니다 결국 어마어마한 광맥을 찾아낸 겁니다. 현재, 역시나 저희 멤버 중 한 사람이 그 채굴 회사를 운영하고 있습니다. 그렇게 마련한 돈이니 안심하고 쓰십시오."

"그 지질학자도 자기 업적을 세상에 발표하고 싶었을 텐데… 채굴 회사 경영자란 사람도 그렇고… 정말 욕심이 없군."

"그야 두말하면 입이 아플 지경이죠. 명성이나 금전도 나쁘지는 않지만, 세계 정복을 지향하는 일이 훨씬 더 뜻깊고 즐겁죠. 그 무엇과도 견줄 수 없는 흥분이 있어요. 이건 게임이에요. 지적이고 웅대한 게임이죠. 일찍이 그 누구도 이루지 못한 일을 해낸다. 이보다 더 의미 있는 일이 어디 있겠어요?"

"듣고 보니 그렇네요. 나도 힘내서 분발해야겠지. 그럼, 연구 자금 좀 부탁할게요."

박사는 더더욱 연구에 몰두했다. 다른 사람들에게 질 수는 없었다. 잠자는 시간도 아까웠다. 세계 정복의 날을 생각하면 연구도 순조롭게 진척되었다.

그리고 드디어 완성했다. 연구실로 찾아온 남자에게 말했다.

"드디어 완성했어요. 이게 샘플, 이건 구조식. 그리고 이건 제조법이고."

"고생 많으셨습니다. 덕분에 이상 실현의 날이 앞당겨졌습니다. 사례는 그 후에 하기로 하고…."

"사례를 받으려고 한 일이 아니에요."

"그런 말씀을 하시는 분들만 모인 그룹이라 좋습니다. 그럼, 감사히 받아 가겠습니다. 경과와 관련된 사항은 앞으로도 정기적으로 보고 드리겠습니다."

"부탁 좀 할게요. 그게 내 유일한 관심의 대상이니까."

약속대로 남자는 이따금 연락을 했다. 약품은 대량 생산에 들어갔고, 주요 지역으로 배포하고 있다는 등의 소식을 전해 주었다.

그러던 어느 날, 이런 보고가 들어왔다.

"이제 얼마 남지 않았습니다. 멤버 중 한 사람인 물리학자가 드디어 간절히 고대하던 장치를 완성했습니다. 이것으로 마무리가 될 겁니다."

"뭐죠, 그게…?"

"저장해 둔 핵무기를 멀리서 폭발시키는 일종의 소립자 발생 장치입니다. 약한 형태이긴 하지만요. 아무튼 이렇게 되면 핵무기를 가진 나라에서는 절박한 사태에 처하죠. 다른 데로 떠넘기려 해도 그걸 받아 주는 나라가 없을 테니까."

"그런 장치가 만들어지다니…."

"조만간 어느 나라에서 핵실험을 한다고 합니다. 좋은 기회예요. 뉴스로 전 세계에 예고하고, 핵실험 예정일 전날에 폭파시키는 겁니다. 그러고 나면 모든 일이 순조롭게 진전되겠죠."

그것은 남자의 말대로 실현되었다. 세계는 그것이 사실임을 확인했다. 그러나 대혼란은 일어나지 않았다. 각국의 주요 요직에 있는 그룹 멤버들이 미리 손을 써 뒀기 때문이다.

긴급 국제연합총회가 열렸다. 예정대로 발언이 이뤄졌고, 그룹의 존재가 밝혀졌다. 사태와 관련된 실권도 그쪽으로 넘어갔다. 거스를 수가 없었다.

회의가 열렸다. F박사도 그 일원이었다. 처음으로 모여서 자기소개를 했다.

"엇, 당신도 멤버였어요?"

화기애애한 분위기 속에 모두가 만족감을 만끽했다. 역사상 최초로 세계 정복이 실현된 것이다. 알렉산더대왕, 칭기즈칸, 나폴레옹, 히틀러, 그 누구도 이루지 못했던 일이….

의장이 말했다.

"바야흐로 세계는 이제 우리의 뜻대로 개혁하고 운영할 수 있게 되었습니다. 그에 관해 여러분과 논의하고 싶은데, 그 전에 잠깐은 즐겨야 하지 않겠습니까? 지금까지 오랫동안 인내하며 고생을 무릅써 왔으니, 잠시 그에 대한 보상을 맛봐도 된다고 생각합니다."

술이든 호화로운 요리든 미녀든 원하는 대로 손에 넣을 수 있었다. 그러나 이곳에 모인 건 대개가 성실한 학자다. 한번쯤 시도해 보는 사람이야 물론 있었지만, 그마저도 다들 금세 싫증을 냈다.

왠지 허무해졌다. 성공을 믿고 목표를 향해 노력했던 지난날들이 그리웠다. 게다가 이미 이 세계는 긴장감이 사라지고 자극도 없어서 무료하기 짝이 없었다.

회의가 열렸다.

"자, 그럼⋯."

아무도 의견을 내놓지 않았다. 다들 맥 빠진 멍한 표정을 하고 있을 뿐이었다. 그때 누군가가 입을 열었다.

"의욕이 사라져 버렸어."

"예전이 더 재미있었지. 사람들은 이제 우리에게 다 맡겨 버리고, 아예 생각 자체를 안 해. 세상이 이래도 되나? 긴장은 문명에 필요한 요소인지도 몰라. 분쟁을 계속 만들어 내는 게 더 인간적인 것 같은 기분도 들어."

"다시 예전으로 돌아갈 수 없을까?"

회의도 어느 정도 활기를 되찾았다. 목표가 정해졌기 때문이다.

"이 정도 일을 해냈으니 원래대로 되돌리지 못할 것도 없지. 우리의 재능을 잘 발휘하면⋯."

그 남자, 이 병病

몸에 살짝 열이 있었다. 체온을 재 볼까 하다가 그만두었다. 몇 도인지 알아도 당장에 어쩔 도리가 없고, 또 그런 걸 하는 시간조차 아깝다. 내게는 빨리 마무리해야만 하는 중요한 일이 있기 때문이다.

한시라도 빨리 그 남자를 찾아내야 한다. 그 녀석에 관한 자료는 주머니 속에 있다. 나이는 30세. 키 175센티미터. 그 밖에도 자료엔 남자에 대한 모든 특징들이 적혀 있다.

틈만 생기면 그것을 꺼내서 훑어봤다. 이미 모든 정보가 머릿속에 주입돼서 새삼 다시 볼 필요도 없지만,

무심코 자꾸 꺼내고 만다.

"어디에 숨어 있을까?"

혼잣말을 중얼거렸다. 자료에는 그 녀석의 사진도 첨부되어 있다. 정면 얼굴 사진뿐만 아니라, 옆얼굴, 뒷모습, 전신 등등 모든 각도에서 찍은 사진을 확보해 둔 상태다. 특수 안경을 쓰고 보면 입체적으로 떠오르기까지 한다.

이름과 주소도 적혀 있지만, 그것은 의미가 없다. 보나 마나 이름은 바꿨을 테고, 녀석이 그 주소지로 접근하는 바보짓을 할 리도 없다.

"대체 어디 있는 거지…?"

또다시 중얼거리고 말았다. 만년필 모양의 작은 권총을 만지작거리며 언제라도 발사할 수 있는 상태임을 확인했다.

그 남자를 쫓기 시작한 지 벌써 10개월이 지났을까. 줄곧 여행의 연속이었다. 바닷가 항구 마을을 몇 개나 찾아다니기도 했고, 산속으로 들어가 숲속 오두막을 엿보고 다닌 적도 있다. 배를 구해서 앞바다의 작은 섬들을 돌아본 적도 있다.

결과는 모조리 허탕이었다. 그렇기 때문에 아직도

이렇게 헤매고 다니는 것이다. 지금은 대도시로 들어와 방황하는 중이다. 인간이란 이따금 돌발적으로 도시로 돌아가고 싶어지게 마련이다. 몸을 숨기려면 산속보다는 인파 속이 더 낫다. 그런 상식적인 생각이 머릿속에 떠올랐다.

누군가를 찾아내려면 도망치는 사람의 입장에서 생각해야 한다. 그래서 온갖 방법을 검토해 봤다. 오히려 내가 미행을 당하고 있을 가능성도 있다. 몰래 숨어서 뒤따라오면 이쪽에서 붙잡을 확률은 현저히 낮아진다. 내가 이따금 멈춰 서서 뒤쪽의 낌새를 살피는 것도 그런 이유에서다.

지금은 혼잡한 저녁 퇴근 시간이다. 큰 역의 통로 한쪽에 숨어서 흘러가는 인파를 뚫어져라 바라보는 중이다. 헤아릴 수 없이 많은 사람들이 보인다. 그러나 그들 속에 그 녀석이 섞여 있다면, 나는 바로 찾아낼 것이다. 사진을 계속 보다 보니 녀석의 모습이 머릿속 깊이 새겨져 버렸기 때문이다.

그러나 오늘도 별다른 수확은 없었다. 여기에 좀 더 있어야 할까. 장소를 바꿔야 할까. 그런 판단을 내릴 때면 늘 망설이게 된다. 무한한 시간이 주어진 게 아니니, 유용하게 사용해야 한다.

역을 떠나기로 했다. 이제부터는 근처 번화가를 둘러보기로 하자. 그쪽 방향으로 걸음을 내딛자, 길가에서 영업을 하는 점쟁이가 눈에 들어왔다. 점쟁이가 도움이 안 된다는 것은 이미 아는 사실이다. 그 남자를 아직까지 발견하지 못한 것이 무엇보다 확실한 증거니까. 그러나 오늘처럼 오랜 시간 긴장한 후에는 지푸라기라도 잡고 싶은 심정이 된다. 그리고 또 희망적인 말도 듣고 싶어진다.

손금을 본 점쟁이가 말했다.

"고민이 있으시군요."

"아, 네…."

"당신은 여성에게도 인기가 있는 분이에요."

"네…."

스물다섯 살 독신. 외모는 나쁘지 않은 편이라고 생각한다. 두뇌 회전도 마찬가지고. 지난 10개월 동안 떠돌아다니며 어쩌다 인연을 맺은 연인도 몇 있었다. 그러나 그 관계는 발전하지 못했다. 그럴 만한 정신상태도 아니고, 여유도 없었으니까.

"조급하신 것 같은데, 현재로 봐서는 운세가 그리

순조롭다고 할 수는 없군요."

거짓말이라도 좋으니 긍정적인 말을 듣고 싶었다.
적잖이 실망한 내가 물었다.

"언제쯤에나 운이 트일까요?"

"한동안 더 참아야 합니다. 그래도 조만간 꼭 좋아
질 겁니다."

"시기를 확실하게 말해 줄 수 없나요?"

"글쎄요, 세 달 후쯤이라고 할까요."

"뭐라고요? 그럼 안 되는데…."

무심코 한숨을 내쉬었다. 벌써 열 달이 지나 버렸
다. 앞으로 두 달밖에 남지 않았다. 세 달 뒤의 행운이
라니, 그런 건 아무 의미도 없다. 주머니에서 그 남자
의 사진을 꺼내며 말했다.

"…앞으로 두 달 안에 이 녀석을 찾아내야 한단 말
입니다."

그러자 상대는 비로소 상황을 이해했다.

"아하, 그런 일을 하고 계셨군요. 그럼 빨리 말씀해
주셨어야지. 어디 한번 그 남자의 관상을 좀 볼까요…."

점쟁이는 교묘하게 그럴싸한 설명을 늘어놓기 시
작했다.

"…이 남자의 운세는 상당히 나빠요. 한 달 뒤쯤엔 아마 최악일 겁니다. 그 말인즉슨 당신 손에 잡혀 버린다는 건데…."

적당히 둘러대는 말들이 이어졌다. 속이 훤히 들여다보였다.

"어느 방향에 숨어 있죠?"

"서쪽이겠죠."

"거리는…?"

"그리 멀진 않은 것 같습니다."

어물쩍 넘어가 버렸다. 무리도 아니다. 족집게처럼 맞추는 일은 애당초 불가능하다.

"그럼, 그쪽을 찾아보기로 할까."

"성공을 빌겠습니다."

나는 그 목소리를 뒤로하고 그곳을 떠났다. 번화가를 한차례 돌고 어느 바로 들어갔다. 문으로 들어서는 순간, 손님들의 얼굴을 휙 훑어봤다. 몸에 밴 습관이다. 여기도 틀렸군. 손님들 중에 그 남자는 없었다.

"자, 이쪽으로 앉으세요. 뭐로 드릴까요?"

여자 종업원이 말을 건넸다.

"위스키로 부탁해…."

오늘 하루도 성과 없이 끝날 것 같다. 술이 나오고 종업원이 말을 걸어왔다.

"열이 좀 있어 보이는데 집에 가서 쉬는 게 좋지 않을까요?"

"그럴 순 없어."

"저희 가게에 처음 오시는 분 같은데, 무슨 일을 하시는지…?"

시시한 대화를 즐길 여유는 없다. 나는 사진을 꺼내 보여 주며 말했다.

"이 녀석을 쫓고 있어. 이제 두 달밖에 안 남았어."

"어머나…."

여자는 바로 이해하고, 눈을 휘둥그레 떴다. 호의와 존경이 우러나는 표정으로 변했다.

"…힘드시겠다."

"본 적 없어?"

"저희 가게 단골 중에는 없어요. 혹시 오면 알려 드릴게요. 연락처 알려 주세요."

명함을 건넸다. 일정한 주소 같은 건 없다. 전화 서비스 회사의 번호가 인쇄되어 있을 뿐이다. 나에게 오는 전화를 녹음해 두었다가 언제든 재생해서 들려주는 회사다.

여성들은 일반적으로 나 같은 입장에 처한 남성에게 호의적이다. 그러나 남성의 경우는 그렇지 않은 경우가 더 많다. 나는 평범한 인간이 아님을 입증하기 위해 스스로 이 길을 선택했다. 그러니 그런 용기 없는, 평범한 남자들이 내게 호감을 갖고 대해 줄 리 만무하다.

바로 옆에서 남자 혼자 술을 마시고 있다. 만일 내가 말을 걸고, 이 사진 속의 남자를 아느냐고 질문을 한다고 치자. 대부분의 경우는 입은 꾹 다물고 고개만 젓고 끝낸다. 이따금 이상하게 협조적인 태도로 어디어디서 봤다고 가르쳐 줄 때도 있다.

그러나 그것은 거의 대부분 엉터리다. 쓸데없는 고생만 몇 차례나 했다. 녀석들은 나로 하여금 헛수고를 하게 만들며 속으로 고소해하는 것이다. 그런데 이보다 더한 골칫거리는 가끔 개중에 진실된 정보도 섞여 있다는 점이다. 최근 들어서야 그걸 구분하는 눈이 생겼다. 역시 경험이 최고다.

바에서 나와 호텔 방으로 돌아갔다. 전화 서비스 회사에 전화를 해 봤지만, 오늘은 아무런 연락도 없었다.

또 하루가 부질없이 사라져 갔다.

처음에는 시간이 충분할 거라 생각했다. 그러나 앞으로 두 달밖에 안 남았고, 실마리는 여전히 전혀 없는 상태다. 몸이 뜨거워지면서 마음까지 초조해졌다. 하루하루가 더없이 귀중한 시간이었다.

다음 날, 나는 이 대도시에 있는 경찰서들을 돌며 유치장을 들여다보았다. 그 다음 날은 각 기업의 연구소를 기웃거렸다. 또 그 다음 날에는 각국의 대사관을 돌며 직원들 사진을 보여 달라고 했다.

신분을 밝히는 증명서를 보여 주면 거의 대부분의 장소는 드나들 수 있다. 기밀 정보를 다루는 곳도 더러 있지만, 그런 곳에서는 책임자가 사진 속의 인물은 없다고 분명하게 말해 준다. 거짓으로 대답을 하게 되면 중죄에 해당하므로 그 대답은 사실로 받아들여도 좋다.

병원을 돌고, 교도소를 찾아가고, 인간이 숨기에 적합한 장소를 샅샅이 뒤지며 조사했다. 물론 그런 와중에도 주위 관찰은 소홀하지 않았다. 그러나 아무런 수확도 없었다. 그 남자에 관한 소식은 잡을 수가 없었다.

오랜만에 전화 서비스 회사로 정보가 들어왔다. 지방 도시에 사는 여성의 전화였다. 예전에 그 도시에 갔을 때 알게 된 여자였다.

"문제의 그 남자 같은 사람을 봤어요. 어제 길에서 스쳐 지났는데…."

이걸 어떻게 판단해야 할까? 망설여지는군.

일반적으로 여성은 호의적이다. 그러나 쫓는 나에게 호의적이듯이, 도망치는 남자에게도 호의를 가질 수 있다. 가서 직접 만나 보면 어느 쪽인지 짐작이 갈 것이다. 그러나 도망치는 쪽의 아군이라면 괜한 시간만 낭비하게 된다.

고민 끝에 그곳에 가 보기로 했다. 달리 기댈 데가 없었다.

열차에 탈 때는 맨 뒤쪽 차량으로 올라탄다. 그러고는 열차 안을 통과해서 선두 차량까지 이동하는 게 습관이다. 역에 도착할 때마다 승강장을 둘러본다. 거기에 그 남자가 나타날지도 모르는 일이니까. 내릴 때는 다시 한번 승객들을 살피면서 맨 뒤쪽 차량까지 훑어본 후에 내린다.

목적지에 도착해서 그 여성을 만났다. 호의적인 보

고였다는 건 알아냈지만, 확실성 측면에서는 불투명했다. 일단 그 근방을 조사해 보기로 했다. 산 너머에 있을지도 모른다는 생각이 들면, 가 보지 않고서는 배길 수가 없었다. 옛날 일을 복수하기 위해 원수를 쫓는 사람의 심정을 뼈저리게 실감했다.

하긴 내 경우는 복수와는 조금 다르다. 그 남자에게 딱히 원한이 있는 게 아니니까. 나는 다만, 추적해야하기 때문에 쫓는 것뿐이다. 그렇지 않으면….

몸의 열이 조금 더 높아졌다. 소용없다는 건 알지만, 그 지방 도시에 있는 병원에 들러 보았다.

"열이 있어서요…."

"감기인가요?"

"아닙니다. 사실은….."

나의 입장을 밝혔다. 목표로 정한 남자를 쫓은 지열 달이 지났다는 것도.

"그렇군요. 안타깝지만, 어쩔 수가 없습니다. 앞으로도 열은 계속 오를 겁니다. 치료가 금지된 건 아니지만, 치료 약품을 배급받지 못했어요. 손쓸 방법이 없습니다. 하긴, 고칠 수 있다면 의미가 없겠죠."

"그건 그렇죠."

"조금 전에 12개월째가 된 환자 한 분이 실려 왔어요. 한번 보시겠습니까…?"

의사가 병실을 들여다볼 수 있게 해 주었다. 침대 위에 누운 환자는 고열로 괴로워하고 있었다. 무의식 중에 헛소리를 하며 몸을 떨었다. 의사가 설명했다.

"…정확하게는 12개월 하고도 5일째입니다. 이제 기껏해야 하루 정도 더 살 수 있겠죠. 정말 이상한 병을 만들어 냈어요."

"너무 냉혹하군요."

"하지만 그걸 알고도 스스로 지원한 거예요. 당신도 마찬가지 아닙니까. 이제 와서 후회해 본들 이미 늦었어요."

"압니다."

"그렇다면 이런 데서 시간 낭비하지 말고 노력해야죠."

"그렇겠죠."

나는 병원에서 나왔다. 이 병에 관해서만은 의사도 두 손을 들었다. 동정조차 해 주지 않았다. 스스로 희망해서 선택한 길이기 때문이다.

지금으로부터 10개월 전, 나는 깊이 고민한 끝에

그것을 하기로 결심했다. 그럭저럭 평범한 삶에 만족하며 인생을 보낼 수도 있었다. 그러나 나는 그러고 싶지 않았다. 현실에서 모험을 체험해 보고 싶었다.

그리하여 이 대규모 술래잡기가 시작되었다. 표적인물이 주어졌고, 나는 그 녀석을 쫓기 시작했다. 나에게 주어진 시간은 12개월, 그것은 가차 없는 기간이었다.

먼저 어떤 병원균 주사를 맞는다. 타인에게는 결코전염시킬 일이 없지만, 병원균은 당사자의 몸을 서서히 좀먹으며 12개월 후에는 확실하게 죽음에 이르게한다. 그 실례를 지금 막 목격했다.

지원해서 술래잡기에 참가한 사람은 그 밖에도 여러 명이 있었다. 그중 목표물을 잡지 못한 채 주어진시간을 다 허비한 사람은 방금 본 환자 같은 운명을맞는다.

도망치는 쪽은 어떤 방법을 쓰든 자유다. 다만, 해외로 달아나거나 성형수술을 받는 것만은 금지된다.그런 것이 허용된다면 게임 자체가 성립하지 않을 테니까.

지방을 돌아본 후, 다시 대도시로 돌아왔다. 도시에

있으면 그 남자가 지방에 있을 것 같고, 지방에 있으면 도시에 숨어 있을 것 같은 기분이 든다.

11개월이 지났다. 몸의 열은 한층 더 높아졌다. 술래잡기를 시작할 때만 해도 일종의 로맨틱한 감상에 젖기도 했지만, 이렇게 기한이 코앞에 닥치니 안절부절 애가 탔다. 규칙의 잔혹성을 새삼스레 실감했다. 성공할 가망은 계속 줄어만 가는데, 포기하거나 각오를 다지지도 못 하는 것이다. 가능성은 마지막 하루까지 남아 있다.

병 때문은 아니겠지만 자꾸 조바심이 났다. 도와달라고 목청껏 소리치고 싶지만, 그래 봐야 아무 소용도 없다. 아침 일찍 일어나서 밤늦게까지 거리를 서성거리며 그 남자를 찾아 헤맸지만, 여전히 흔적조차 찾을 수 없었다.

이 술래잡기에 참가하지 않은 평범한 녀석들은 태평하게 하루하루를 보낸다. 그런 생각이 들자 화가 치밀었다. 녀석들이 미워졌다. 이 고통은 당해 보지 않고는 모른다.

될 대로 되라는 심정이었다. 그 남자의 숨통을 끊어 놓지 못한 채 객사할 바에는 이 사회에 제대로 한

방 먹여 주고 싶었다. 그렇게라도 하지 않으면 속이 풀리질 않는다.

기한까지 남은 시간은 앞으로 열흘. 절망적이었다. 이젠 도저히 무리다. 열은 매우 높아졌다. 기왕 이렇게 된 거, 남은 날들은 쾌락에 빠져서 지내기로 하자.

그러기 위해서는 우선 돈이 필요했다. 처음에 준비한 돈은 지금까지 매달 나눠서 예산에 맞게 사용했다. 그래서 이제는 거의 남아 있지 않았다.

상황이 이렇다 보니, 수단과 방법을 가릴 수가 없었다. 저녁, 문 닫을 시간이 된 보석상으로 들어갔다. 틈을 엿보다 계산대를 덮쳐 돈을 움켜쥐고 밖으로 튀어나왔다. 달라붙는 점원을 떨쳐 내고, 전속력으로 달아났다. 뒤에서 비상벨이 울렸다.

죽을힘을 다해 계속 달렸다. 소리가 들렸다.

"멈춰! 경찰이다. 도망치면 쏜다!"

경찰이 출동한 듯했다. 맞으면 끝이다. 걸음을 멈췄다. 그러나 잡히고 싶지는 않았다. 얌전하게 체포되는 척하다, 뒤로 돌아서자마자 만년필 모양을 한 권총의 버튼을 눌렀다. 이것은 게임에 참가하는 술래만 소유할 수 있는 권총이다.

경찰도 순간적으로 방심한 상태였다. 공기를 찢는 날카로운 소리가 울려 퍼지고, 마취 총탄에 맞은 상대가 비틀거리다 고꾸라졌다. 그러나 경찰은 한 명이 아니었다. 더는 도망칠 수가 없었다. 비난 섞인 구경꾼들의 싸늘한 시선이 내게로 집중되었다. 나는 눈을 내리뜨고, 쓰러진 경찰의 얼굴을 쳐다보았다.

"앗, 찾았다! 이 녀석이야…."

꿈에서도 잊은 적이 없는 그 남자의 얼굴이 눈앞에 있었던 것이다. 순식간에 힘이 빠지며 온몸이 무너져 내리는 느낌이 들었다. 설마 경찰이 되어 있었을 줄이야. 도망치는 쪽도 온갖 지혜를 짜내기 마련이다. 이것은 완전한 맹점이었다.

옆에 있던 경찰에게 신분증을 보여 주고, 방금 훔친 돈을 돌려주었다. 표적 남자의 사진을 내밀어 보이며 쓰러진 녀석과 동일인임을 입증했다. 목표물을 잡는 데 부수적으로 뒤따르는 행위는 상당히 너그럽게 허용해 준다.

"목적을 달성했군요. 그가 표적 인물일 줄은 동료인 저조차도 전혀 몰랐습니다. 기한까지 며칠이나 남았나요?"

"열흘…."

"아, 정말 아슬아슬했군요."

주위가 술렁이기 시작했다. 시샘과 칭송이 반반이었다. 나는 쓰러진 경찰을 들쳐 업고 근처 병원으로 데리고 갔다. 내가 직접 해도 되지만, 의사에게 맡기는 게 확실하다.

"잡았습니다. 부탁합니다. 빨리요!"

"아, 축하합니다."

의사는 그 경찰을 눕히고, 혈액을 한 컵 정도 뽑아냈다. 예사로운 혈액이 아니다. 나의 병을 고칠 수 있는 항체가 함유된 혈액이다. 그 혈액이 내 혈관으로 주입되었다.

청량한 느낌이 온몸 구석구석 스며들었다. 목표를 달성해 낸 만족감. 게다가 이제는 죽지 않아도 된다. 마취가 풀린 경찰은 분통을 터뜨렸다.

"조금만 더 버텼으면 됐는데. 완벽하게 숨었다고 생각했는데! 그런 일로 당할 줄이야… 주의가 부족했어."

"아니, 내가 운이 좋았어요. 이런 식으로 끝날 줄은 상상도 못 했어요."

위로의 말을 건넸지만, 경찰은 여전히 분한 마음이 가시지 않는 듯했다. 계속 혼잣말을 중얼거렸다.

"지금까지 한 모든 노력이 물거품이 되었단 말인가….”

무리도 아니다. 그는 지금까지의 성과를 모두 잃고 평범한 시민으로 돌아가야 한다. 한 번 더 게임에 도전할 기력이 과연 남아 있을까? 아마 없겠지.

그날 밤, 나는 축배를 들었다. 이토록 행복한 밤은 없었다.

일주일 동안 휴식을 취한 후 관공서에 출두했다. 열은 더 이상 나지 않는다.

"해냈어요!”

"축하합니다. 그럼, 다음 단계는 언제부터 시작할까요?”

"바로 시작하죠. 긴장감이 남아 있을 때가 더 좋으니까.”

"그럼, 추적자의 사진과 자료를 내드리죠. 당신의 체내 항체에 대응하는 병원균을 그 지원자에게 주사할 겁니다. 12개월 동안 잘 숨어 다녀야 하는데, 괜찮으시겠어요?”

"해내야죠….."

술래잡기가 끝나고, 이번에는 숨바꼭질이다. 지난 12개월 동안 여러 가지 요령을 익혔다. 그것을 충분히 활용해서 끝까지 멋지게 숨어 주겠다. 딱하긴 하지만, 그 추적자는 병으로 죽게 될 것이다.

은행에 들러서 도주용 자금을 빌렸다. 자 그럼, 어떤 옷을 입고 어디로 도망치느냐가 문제다. 또다시 12개월 동안 반대되는 고통을 감내해야 한다. 그러나 그 후에 찾아올 영광을 생각하면 그 정도 고생은 대수롭지 않다.

이 두 게임을 훌륭하게 완수해 내면 특권계급에 들어갈 수 있다. 연금이 나오고, 세금은 면제되고, 은행 대출금도 안 갚아도 된다. 좋은 지위에 올라 원하는 대로 뭐든 할 수 있다. 지배계급은 그런 인간들로만 구성되어 있다. 그야 당연하지 않은가. 자신의 의지와 지혜와 행동력, 거기에 행운까지 더해져서 죽음의 기간을 멋지게 빠져나온 사람이니까….

침입자와 나눈 대화

해 질 녘이 조금 지나 주위가 어둑해지기 시작했다. 이곳은 맨션 2층에 자리한 어느 집이다. 엘리베이터를 이용하지 않아도 계단으로 올라오면 제일 먼저 보이는 집.

그 집에는 여자 혼자 살고 있었다. 서른 살쯤 된 호리호리한 여성이었다. 미인이라고 해야 할지 어떨지는 말하기 애매하지만, 지적인 분위기가 풍기는 얼굴이었다. 옷차림은 수수했다. 식사를 마치고 책상에 앉아 잡지를 읽고 있었다.

현관 쪽에서 초인종 소리가 울렸다. 그녀가 문으로

다가가 그 앞에 서서 물었다.

"누구시죠…?"

"실은 좀 중요한 얘기가 있어서…."

젊은 남자의 목소리였다. 여자가 문을 열자, 남자가 다짜고짜 집 안으로 밀고 들어왔다. 여자가 나무라는 투로 입을 열었다.

"전 모르는 분인데요!"

"뭐, 그건 아무래도 상관없어요."

"대체 용건이 뭐예요?"

"딱히 이렇다 할 용건은…."

"용건이 없으면 돌아가 주세요."

"그쪽한테는 없어도 나한테는 있거든."

어딘지 모르게 위협적인 분위기가 풍겼다.

"아니, 그, 그럼 강도…?"

여자가 파랗게 질려 책상 건너편 쪽 구석으로 도망쳤다. 그러나 더 이상은 도망칠 방법이 없었다. 창에서 뛰어내리려 해도 여기는 2층이라 다치겠지. 게다가 아직은 상대가 강도라고 정확히 밝혀진 것도 아니다.

"강도라고 할 수도 있겠지. 하지만 강도 행각을 벌이러 여기 온 건 아니야."

청년이 영문 모를 소리를 했다. 나이는 스물일곱 살쯤 됐을까. 강해 보였다. 헐렁헐렁한 옷을 입고 있는 점이 이상했다.

"무슨 소리예요? 지금 농담해요…?"

"장난치는 건 아니야. 나는 강도죄로 체포됐는데 조금 전에 구치소에서 도주했지."

남자가 주머니에서 칼을 꺼냈다. 공중으로 가볍게 던져 한 바퀴를 돌리더니 능숙하게 다시 잡았다. 칼이 손에 익은 솜씨였다. 그 모습을 본 여자가 떨리는 목소리로 말했다.

"보시는 대로 여기는 여자 혼자 조용하게 사는 집이에요. 난폭한 짓은 삼가 주세요. 아니, 애초에 꼭 저일 필요는 없잖아요. 제발 다른 집으로 가 주세요."

"내가 시키는 대로 얌전히만 하면, 곧 나가 주지."

"반항은 안 해요. 다치고 싶진 않으니까."

"라디오 뉴스 좀 들어 볼까. 경찰 동향을 알 수 있을지도 몰라. 어디 있지?"

"지금 가져올게요."

여자가 침실로 이동했다. 그곳을 들여다본 청년이 눈을 휘둥그레 떴다.

"무슨 라디오가 저렇게 호화로워? 다이얼에다 버튼 에다… 뭐가 저렇게 과도하게 많이 달렸나?"

"외국 방송을 듣는 게 취미라서 그래요. 그런데 국내 방송이면, 이 소형 라디오로도 상관없겠죠?"

여자가 작은 라디오를 들고 나와서 스위치를 켰다. 잠시 음악이 이어진 후, 아나운서가 말했다.

─조금 전 강도 용의자로 체포된 남자가 구치소에서 도주했습니다. 경찰이 행방을 쫓고 있습니다. 남자의 키는….

도주범의 특징이 라디오방송에서 흘러나왔다. 침입자의 특징과 일치했다. 청년이 슬며시 미소를 지었다.

"아무래도 경찰이 허둥대고 있는 것 같군. 단서를 못 잡은 모양이야. 대중에게 협조를 요청하는 걸 보니."

"용케 도주에 성공했네요. 쉽게 도망칠 순 없는 곳이잖아요?"

"내가 머리가 좀 좋거든. 신중하게 관찰하고 맹점을 파악해서 실행한다, 여기까진 완벽했어. 그런데 그 다음이 문제였지. 일단 옷이 곤란했어. 공원에 숨어 있다가 지나가는 사람을 위협해서 옷을 빼앗았지. 그런데 이렇게 헐렁헐렁해서야…."

"그런데 왜 하필 우리 집으로 온 거죠? 정말 너무해요."

"그야 한동안 몸을 숨겨야 하니까 그랬지. 옷을 빼앗긴 남자도 이미 경찰에 신고했을 거고, 이 상태로 공원 주위를 어슬렁거릴 순 없어. 수사망도 펼쳐졌을 테니, 난 어떻게든 시간을 벌어야 해."

"그럼 옆집으로 가지… 왜 하필…."

"그거야 당신 사정이고. 나로선 이 집이 계단 바로옆에 있어서 들어온 것뿐, 이유는 그게 다야. 운이 나빴다 생각하고 그만 포기해."

정말이지 불운 그 자체였다. 여자가 애원했다.

"제발 빨리 나가 주세요. 날 묶어도 되니까, 어서 나가라고요. 전화선을 끊어 버려도 상관없어요."

"그런 뒤 옆집으로 가 달란 말인가? 뭐, 단순히 생각하면 그래도 되겠지. 하지만 나에게는 번거로운 일이야. 전화선을 끊었다간 누군가가 수리하러 올지도모르잖아. 게다가 옆집에는 힘센 놈이 살지도 모르고. 이것저것 따져 보면 여기 있는 게 현명해. 여자 혼자있는 편이 더 다루기 쉬우니까."

"하지만 난 너무 무서워서 미쳐 버릴 것 같아요."

"어마어마하게 미움을 샀군. 뭐 당연하겠지. 탈주범과 함께 있는데 기분 좋을 사람이 누가 있겠나."

"보시다시피 여자 혼자예요. 조용히 살아가고 있다고요. 이런 상황이 익숙하질 않아요."

"그야 그럴 테지. 누구나 마찬가지야."

"하지만 무슨 일을 당할지 모르니…."

"나도 이제 어떻게 할까 생각하던 참이었어. 그건 그렇고, 뭐든 값나가는 물건이 좀 있나?"

청년이 주위를 둘러보았다. 여자가 그 말에 대답하듯 말했다.

"아, 돈이라면 저쪽 작은 금고 안에 있어요."

"호오, 지나치게 협조적인데."

"목숨이 더 소중하니까요. 집 안을 파손당하는 것도 싫고요. 하지만 현금은 얼마 없어요. 유가증권 같은 걸 넣어 뒀으니까."

"그런 건 소용없어. 나는 도주하는 데 도움이 될 만한 게 필요해. 몸에 맞는 옷이라도 있으면 좋겠는데 여자 집이니 그런 게 있을 리도 없고. 여장하는 방법도 있겠지만, 오히려 더 눈에 띄어서 금방 붙잡히겠지. 무슨 좋은 수가 없을까?"

"원하는 게 있으면 좋을 텐데… 구체적으로 어떤
게 필요한지 말씀해 주세요."

여자는 청년의 마음을 진정시키려고 비위를 맞췄
다. 한시라도 빨리 조용히 나가 주길 바랐기 때문이다.
청년이 잠시 생각하다 말했다.

"일단 커피라도 한잔 마실까. 부엌이 어디야? 안내
좀 하지. 잠깐! 부엌칼 같은 걸 휘두르면 곤란하니까
먼저 싱크대부터 조사 좀 해 봐야겠군."

싱크대를 열자, 투명한 용기에 담긴 하얀 가루가 빼
곡히 들어차 있었다. 청년이 물을 끓이기 시작한 여자
에게 물었다.

"설탕을 너무 많이 사 뒀네. 그게 아니면 밀가루인
가?"

"설탕이에요. 가격이 오를 것 같다고 해서 많이 사
둔 거예요."

"여자들이란 정말 별 사소한 것까지 신경 쓰며 사
는군. 아, 뭐 굳이 정식으로 원두커피까지 내릴 필요는
없어. 거기 있는 인스턴트커피면 돼. 맛을 음미하려는
게 아니라, 졸음을 쫓기 위해서니까 진하게 타. 그리

고 설탕은 듬뿍….”

청년이 조금 전에 본 용기로 손을 뻗었다. 여자가
나지막이 소리를 질렀다.

“아…!”

“이봐, 이상한 소리 내지 마! 나도 지금 신경이 매우
예민한 상태야. 이거 은근히 신경 쓰이는군. 이게 만약
설탕이 아니라 살충제이기라도 하다면… 눈길도 주고
싶지 않아. 일반적으로 먹는 각설탕은 없나?”

“그건 저쪽에 있어요.”

청년이 커피를 마셨다. 그러고는 부엌에서 나와 원
래 있던 방으로 돌아갔다. 여자도 따라왔다. 청년이 의
자에 앉아 별생각 없이 입을 열었다.

“자, 그럼….”

“부탁이에요. 이제 제발 좀 나가 주세요. 저는 소심
한 성격이에요. 긴장을 너무 오래하면 심장에 이상이
생긴단 말이에요.”

더는 참을 수 없다는 듯한 모습이었다.

“그럼, 잠깐 전화 좀 빌리지.”

“얼마든지 쓰세요. 거기 있어요.”

청년이 전화를 걸고 말했다.

"일단 도주는 성공했는데, 지금은 옴짝달싹 못 하는 상태야. 옷을 챙겨서 차로 데리러 와 줘. 아 참, 변장용 수염도 갖고 오고. 권총 같은 건 필요 없어. 주머니가 두둑하면 오히려 경찰 녀석들 눈에 띄기 쉬우니까. 으음, 그리고 장소는…."

이곳 위치를 알려 주고, 전화를 끊었다. 그녀가 곧바로 물었다.

"지금 통화한 지인이 데리러 오면, 바로 나가 주시는 거죠?"

"그럴 순 없지. 바로 나갔다간 수사망에 걸릴 테니까. 그쪽 상황도 살펴봐야 해. 녀석이 오면 나는 조금 쉴 거야. 모든 건 그 다음이야."

"그건 곤란해요."

여자가 한숨을 내쉬었다.

"그만 포기하라니까. 난폭한 짓은 안 할 테니 염려 말고. 그런데 당신은 뭘 해서 먹고사나?"

"작은 무역 회사에서 일해요."

"그나저나 저 라디오는 정말 호화롭군. 여자답지 않아."

"취민데 여자 남자가 무슨 상관이에요. 그리고 외국

방송을 들으면 어학 공부도 되니까."

"그렇단 말이지… 그건 그렇고, 여자가 사는 집이면 좀 더 화사해도 좋을 것 같은데. 밝은 벽지라거나 핑크색 커튼이라거나 인형이라거나…."

"난 화려한 걸 싫어하는 성격이에요. 눈에 띄는 걸 좋아하지 않아요."

"특이하다고 해야 하나. 그런데 딱히 할 일도 없고, 시간이 남아돌아서 좀 지루할 것 같은데…."

청년이 주위를 둘러보았다. 여자가 안절부절못하며 말했다.

"텔레비전이라도 켤까요?"

"그랬다간 바깥 소리가 안 들리잖아. 왜 그런지는 모르겠지만, 당신 왜 자꾸 두리번거려?"

"이런 상황에 처했는데, 어떻게 침착할 수 있겠어요."

여자는 기도하는 듯한 표정으로 시선을 이리저리 바쁘게 돌렸다. 달리 어쩔 수가 없었다. 청년은 꼼짝할 것 같지 않았다. 칼을 만지작거리며 여자를 계속 감시했다.

얼마쯤 시간이 흐르고, 밖에서 자동차 멈추는 소리가 들렸다. 잠시 후 현관 초인종이 울렸다. 청년이 여자에게 물었다.

"누구야? 손님이 올 약속이라도 있었나?"

"아뇨."

초인종은 계속 울렸다.

"그냥 내버려 둘 수도 없겠어. 누군지 물어봐. 그리고 문 열지 말고 그냥 돌려보내."

"누구세요…?"

여자가 묻자, 상대의 대답이 들려왔다.

"나야, 나 왔어…."

여자가 청년에게 보고했다.

"나라는데요?"

"누구지?"

"아까 전화로 연락한 지인 아니에요? 틀림없이 그럴 거예요. 조금 전에 자동차 멈추는 소리가 들렸어요."

"그런가? 이상하네. 올 리가 없는데, 정말로 오다니. 어떻게 된 거지? 하긴 뭐, 가능성이 전혀 없는 건 아니니까…."

청년은 앞뒤가 안 맞는 말을 투덜투덜 중얼거리며 생각에 잠겼다. 그러거나 말거나 여자는 개의치 않고 문을 그냥 열어 버렸다.

한 사람, 이어서 또 한 사람. 둘 다 서른 살쯤 되어 보이는 남자들이 뛰어 들어왔다. 동작이 민첩했고, 손에는 소음기가 달린 권총을 쥐고 있었다. 순식간에 실내를 훑어본 후, 청년에게 권총을 들이대며 말했다.

"그 칼 버리고 손들어. 얌전히 시키는 대로 해."

청년은 그 말에 따르지 않을 수 없었다. 남자들이 문을 잠그고, 여자에게 말했다.

"구해 주러 왔어요."

"역시 그걸 들으셨군요."

청년은 묻지 않을 수 없었다.

"뭐가 뭔지 하나도 모르겠군. 이 사람들은 뭐야? 그걸 들었으니 뭐니, 그건 또 무슨 소리고?"

"당신이 침입했을 때, 내가 방구석으로 도망쳤잖아요. 그때 스위치를 눌렀죠. 달리 방법이 없었으니까."

"무슨 스위치?"

"무전기요. 그래서 당신이 하는 말이 모조리 외부로 흘러 나간 거예요."

"그렇다면 이 사람들은 경찰이라는 건가? 별로 그래 보이진 않는데."

"그런 건 아무 상관없잖아. 이제 나는 살았고, 당신

은 운이 다한 거야."

두 남자가 청년을 밧줄로 꽁꽁 묶었다. 그러고는 바닥에 넘어뜨리고, 여자와 대화를 나누기 시작했다.

"이런 놈이 침입할 줄이야. 정말 상상도 못 했어."

"누가 아니래. 진짜 얼마나 조마조마했는지 몰라. 언제 서류가 발견될까 너무 걱정됐어. 눈에 쉽게 띄는 금고가 아니라 티 나지 않게 책꽂이에 꽂아 두긴 했지만, 아무래도 걱정돼서 자꾸 힐끗거리게 되더라고. 난 아직 수련이 부족한가 봐."

"어쩔 수 없지. 돌발 사태였으니까. 무전으로 상황을 들은 우리도 안절부절못하긴 마찬가지였어. 권총은 어쩐 거야? 바로 쓸 수 있는 곳에 놔두지 않았어?"

"침대 베개 밑에 넣어 둬서 꺼낼 틈은 있었는데, 소음기를 안 단 게 떠올랐거든. 만약 그 상태로 쏘기라도 해 봐, 난리가 나지 않겠어? 나야 살 수 있겠지만, 권총을 왜 갖고 있었냐고 꼬치꼬치 조사할 테고, 그러다 보면 결국…."

"그건 그렇지. 그런 일로 저 약까지 발각되면 큰일이지."

그들의 대화를 듣고 있던 청년이 결국 끼어들고 말

왔다.

"당신들 대체 뭔데? 도통 영문을 모르겠군. 날 경찰에 안 넘길 거냐고."

"당신 말야, 경찰에 잡히는 것보다 훨씬 안 좋은 상황에 처했어. 일찌감치 나갔으면 좋았을 텐데 쓸데없이 오래 눌러앉아서는… 우린 당신을 처리할 거야. 다시 말해 죽이겠다는 뜻이지."

"그건 너무해! 날 왜 죽여? 내가 이 여자에게 겁을 주긴 했지만, 딱히 위해를 가한 것도 아니잖아. 게다가 아무것도 훔치지 않았다고! 고작 커피 한잔 마셨을 뿐이야."

"그것도 잘못됐지. 부엌에서 봐서는 안 될 물건을 봐 버렸으니까. 저 하얀 가루 말이다."

"그건 설탕이잖아."

"아니야. 게다가 무전기까지 봤어. 우리에겐 곤란한 상황이야."

"호화로운 라디오인 줄만 알았는데…."

"지금은 그렇게 생각해도 조만간 아무래도 이상하다고 느낄 게 틀림없어. 설탕치고는 너무 반짝거리고 용기에 상표도 안 붙어 있었다. 라디오치고는 아무래도 좀 복잡하다느니 하면서 말이지. 가장 우려되는 일이야."

남자가 얼굴을 찡그렸고, 청년이 물었다.

"도대체 당신들은 뭐야?"

"어느 나라의 비밀 조직에 소속돼 있다. 고용된 게 아니야. 동조해서 스스로 참가한 거지. 지령을 받고, 다양한 정보를 보낸다. 마약 밀수입 같은 일도 하고."

"아, 그럼 부엌에 있었던 게 그건가? 양이 상당하던데."

"그렇지. 보수도 넉넉히 받고 있어. 하지만 조직의 비밀이 새는 것만큼은 반드시 막아야 해."

"그런 수상한 조직일 줄이야…."

"다시 말해 우리는 사회의 어두운 이면에서 일하고 있다는 뜻이지. 그래서 최대한 눈에 띄지 않도록 철저하게 수수해 보이려 애써 왔어. 하찮은 일로 세상에 알려지고 싶진 않으니까. 하지만 비밀이 알려졌다면, 훼방꾼은 없앨 수밖에."

"잠깐만! 난 죽고 싶지 않아. 내 얘기는 들었잖아. 난 구치소에서 도주했어. 나도 너희 동료로 받아 줘. 도움이 될 거야."

"그건 안 돼. 그런 저급한 범죄자가 제일 골칫거리야. 우리는 이 분야의 프로다. 이상한 녀석은 거치적거릴 뿐이야."

"제발 부탁이야. 살려 줘…."

"발버둥 쳐도 소용없어. 사체 처리쯤은 우리한테는 식은 죽 먹기니까."

청년이 처한 사태는 이미 절망적이었다. 묶여 있어서 옴짝달싹도 할 수 없었다.

그때 현관에서 초인종 소리가 났다.

비밀 조직의 일당들이 의논하기 시작했다.

"전화로 연락한 이 녀석의 지인일지도 몰라. 무기는 소지하지 않았을 거야."

"일단 이 녀석을 벽장 속에 숨기자. 시치미 뗀 얼굴로 맞이하고, 경우에 따라서는 같이 없애면 돼."

일은 민첩하게 진행되었다. 초인종 소리는 계속 울렸다. 한 사람이 문 너머로 물었다.

"누구십니까?"

"경찰입니다."

이렇게 된 이상, 문을 열지 않을 수 없었다.

미리 상의를 하고 문을 살짝 열었다.

"무슨 일인가요?"

경찰이 작은 목소리로 말했다.

"사실은 도주한 범인을 쫓고 있습니다."

"아, 수고가 많으십니다. 그런데 여기엔 없어요."

"정말입니까? 인질로 잡혀서 그렇게 대답하시는 건 아니고요?"

"아, 그래서 작은 목소리로 말씀하셨군요. 그런 일은 없습니다. 이 집에는 남자 둘과 여자 하나가 있을 뿐이에요. 안을 보셔도 상관없습니다."

"자, 그럼…."

경찰이 들이닥쳤다. 한 사람이 아니라 여러 명이 우르르. 모두 권총을 들고 있었다. 저항할 새도 없이 안에 있던 세 사람은 순식간에 수갑이 채워지고 말았다. 남자가 항의했다.

"이게 무슨 짓입니까?"

"곧 알게 돼. 자 그럼, 중요한 인물부터 찾아내자."

그러더니 벽장 속에 묶여 있던 청년을 발견하고는 밧줄을 풀어 주며 말을 건넸다.

"힘들었죠?"

"정말 위험했어요. 조금만 늦었으면 살해당할 뻔했

다니까요."

수갑이 채워진 일당이 물었다.

"어떻게 된 겁니까? 저놈이 쫓고 있는 범인이잖아
요."

"사실은 그게 아니야. 이 집이 수상해서 전부터 눈
여겨보고 있었어. 그런데 증거가 없잖아. 그래서 동
료 한 사람을 탈주범으로 위장시켜서 여기로 들여보
낸 거야. 주머니 속에 소형 마이크를 장착해서 말이야.
이제 너희들의 악행은 다 발각됐어. 우리 계획이 멋지
게 성공했지."

현실들

한 청년이 낮에 쌓인 피로를 말끔히 씻어 내려는 듯
잠의 세계에 푹 빠져 있었다.

청년은 작은 회사에 근무하고 있었다. 그곳에서 그
가 맡은 일은 영업 관련 업무였다. 상점을 여기저기
돌아다니며 주문을 받아 오는 일. 그리 재미있는 일
이라고 할 수는 없었다. 그런 지루한 일상이 반복되
고 있었다.

청년은 아직 독신이었다. 그렇다고 해서 여성과 인
연이 아예 없었던 건 아니다. 그도 사랑에 빠진 적이
있었다. 아키코라는 이름을 가진 아름다운 여성에게.

그러나 짝사랑으로 끝나 버렸다.

청년 쪽에서는 꽤 열을 올렸지만, 그녀는 별로 마음이 없었던 것 같다. 그러다가 다른 남자와 결혼한다며 그의 곁을 떠났다. 안타깝고 분했지만 어쩔 수가 없었다. 그는 특별히 우수하지도 않았고, 재산이라고 할 만한 것도 없었다. 게다가 미남도 아니었다.

청년은 자면서 꿈을 꾸었다. 꿈속에서 그는 아키코와 함께였다. 일상에서 쌓인 불만을 깨끗이 씻어 줄게. 아키코는 마치 그런 분위기로 다정하게 대해 주었다. 그는 일 따윈 까맣게 잊고 그녀와 함께 거리를 거닐었다.

"당신을 좋아해."

"나도."

쑥스럽고 낯간지러운 대화도 얼마든지 나눌 수 있었다. 기분이 그런대로 괜찮았다. 아키코가 그에게 바짝 붙어서 팔짱을 끼었다.

"저기서 커피라도 마실까?"

"좋아."

두 사람은 근처에 있는 카페로 들어갔다. 함께 커피를 마셨다. 향도 진하고 맛도 좋았다. 꿈속인데도 모든 게 너무나 생생했다.

"여기 커피 되게 맛있네."

"그러네."

"당신과 이렇게 영원히 함께 있고 싶어."

"그래, 계속 같이 있을 수 있잖아. 이제 슬슬 나갈까."

그런 대화를 나누며 청년은 더없이 즐거웠다. 카페에서 나와 다시 거리를 거닐었다. 주얼리 매장이 보였다. 아키코가 그 앞에서 걸음을 멈추고 쇼윈도를 들여다봤다.

"어머나, 예쁜 브로치가 있네."

다이아몬드 조각이 촘촘히 박힌 브로치가 휘황찬란하게 빛나고 있었다. 청년은 무심코 우쭐한 기분에 이렇게 말해 버렸다.

"마음에 들면 사 줄까?"

"진짜…?"

"그럼, 진짜지."

"너무 좋아."

"그런데 다른 가게도 좀 둘러보고 정하자. 다음에 사기로 할까?"

"약속한 거야. 다음에는 꼭 사 줘야 해."

"물론이지."

두 사람은 택시를 타고 어느 맨션으로 들어갔다. 넓고 멋진 집이었다. 방해가 될 만한 사람은 없었다. 아키코가 미소를 지으며 말했다.

"술 한잔 어때?"

"좋지."

말 그대로 꿈같은 시간이 흘러갔다. 청년은 취해서 침대에 누웠다.

"잊어버리면 안 돼…."

그 목소리를 듣다가 잠에서 깼다. 여자 목소리는 계속 이어졌다.

"…그 다이아몬드를 사 준다고 한 거 말이야."

"으응…."

청년이 신음하듯 중얼거렸다. 기분 좋은 꿈이었다, 생각하며. 그런데 실제로 여자가 옆에서 말을 하고 있는 게 아닌가.

"믿음이 안 가는 대답이네. 좀 더 확실하게 대답해."

청년이 눈을 떴다. 눈앞에는 아키코가 있었다. 이게 대체 어떻게 된 거지? 아직도 꿈속인가?

"당, 당신이 왜 여기 있어? 언제 왔어?"

"무슨 잠꼬대 같은 소리야. 정신 차려."

목소리도 얼굴도 아키코가 분명했다. 손을 만지자 감촉이 느껴졌다. 청년은 자기 몸을 꼬집어 보았다. 아프다. 아무래도 꿈은 아닌 것 같았다.

"이상하네. 당신이 왜 여기 있지? 아니지, 내가 왜 여기 있느냐고 해야 하나?"

청년은 주위를 둘러보았다. 평소 살던 싸구려 집이 아니라, 어느 멋진 맨션의 방이었다. 아키코가 고개를 갸웃거리며 대답했다.

"당신, 머리가 좀 이상해진 거 아니야? 우리 결혼한 지 3년이나 됐잖아. 여기 산 지는 2년 됐고."

"그랬나?"

"왜 자꾸 이상한 소릴 해. 다이아몬드 사 주기 싫어서 그런 식으로 얼렁뚱땅 넘기려는 거 아니야?"

"그런 거 아니야. 이것 참 이상하네."

"샤워라도 해. 머리가 맑아질지도 모르니까."

"그럴까."

그는 샤워실로 들어갔다. 왠지 불안했다. 거기에는 분명 거울이 있을 것이다. 거울에 비칠 자기 얼굴을 보기가 두려웠다. 전혀 모르는 낯선 얼굴이 비친다면, 비명을 지르며 기절할지도 모른다.

그러나 언제까지고 거울을 회피할 수는 없다. 이 이변의 수수께끼를 풀기 위해서라도 확인해야 했다. 청년은 마음을 굳게 먹고 거울을 들여다봤다.

"과연."

거기에는 낯익은 자기 얼굴이 비칠 뿐이었다. 일단은 마음이 놓였지만, 앞으로 어떻게 해야 할지를 생각하면 그저 막막할 뿐이었다. 일단 샤워부터 해 보자.

뜨거운 물이 기분 좋게 몸으로 흘러내렸다. 온도 조절 방법도 아무 이상 없이 생각이 났다. 식탁에 앉았다. 아키코가 커피를 따라 주었다.

"좀 개운해졌어…?"

"으응. 그런데 아직도 기분이 좀 이상해."

"이상한 꿈 꾼 거 아니야?"

"그렇지."

이런 이상한 꿈은 들어 본 적도 없다. 아키코가 걱정스러운 듯이 물었다.

"혹시 나한테 싫증 난 거 아니야?"

"그런 거 아니야. 당신은 아름답고 같이 있으면 이루 말할 수 없이 행복해. 꿈을 꾸는 기분이야."

"듣기 좋은 말을 해 주네."

"이상한 말처럼 들리겠지만, 난 어떤 일을 하고 있지?"

"아무래도 가벼운 기억상실증인가 보다. 당신은 새로운 가정용품을 개발해서 특허를 받았어. 그게 잘 풀려서 모든 게 순조로워."

"듣고 보니 그런 것 같은 기분도 드는군."

"거봐, 조금씩 기억이 돌아오잖아. 이제 사무실에 출근할 시간이야."

"사무실이 어디였지?"

"옆방이잖아."

"아, 그랬지."

청년은 옷을 갈아입고 옆방으로 갔다.

"안녕하십니까, 사장님."

직원들이 인사를 했다. 그러나 세 명뿐이었다. 그 중 한 사람이 최근 상황에 관해 보고했다. 특허 사용권은 큰 회사에 맡기고, 여기에서는 그 사용료만 거둬들이면 되었다. 가끔 감사를 나가는 정도라서 운영에 머리를 쓸 필요도 거의 없었고, 재정 상태도 나쁘지 않았다.

하루 일과가 끝나고 같은 맨션 안에 있는 집으로

돌아가면, 아키코라는 멋진 아내가 기다리고 있다. 불평할 게 없는 삶이었다. 이것이 현실인 것이다. 현실은 무엇보다 강하다. 청년은 예전의 일들을 차츰 잊어 갔다.

그런데도 역시나 조금은 신경이 쓰였다. 어느 날, 전에 근무했던 회사로 전화를 걸어 보았다. 자기 이름을 대며 그런 사람이 있느냐고 물어보았다. 혹시 그 녀석이 전화를 받으면 어쩌나. 무슨 말을 해야 할까. 어느 쪽이 진짜인지 가리는 시비가 벌어질까. 그런데 그런 일은 벌어지지 않았다.

"저희 회사에는 그런 이름을 가진 사람이 없습니다. 직원 명부를 조사해 봤지만, 예전에 근무한 적도 없습니다."

위와 같은 대답이 돌아왔다. 청년은 가슴을 쓸어내렸다. 이젠 됐다. 내가 둘이나 존재할 리가 없다. 현재 생활에 안주해도 되는 것이다. 이것이 현실이니, 그거면 되지 않았는가.

더할 나위 없이 만족스러운 하루하루였다. 좋아하는 여자와 결혼했고, 경제적으로도 부족함이 없었다. 약속한 다이아몬드도 사 줄 수 있었다.

몇 달이 지났다. 나쁠 것 없는 생활이었지만, 변화
가 없었다. 평온한 나날들이 흘러갔다. 그런 생활이 익
숙해지자, 그는 살짝 무료해졌다.

그래서일까, 어느 날 밤 그는 꿈을 꾸었다.

꿈속에서 그는 비밀 정보원이 되어 있었다. 어느 나
라의 군사기지 안으로 숨어들어 사진을 마구 찍어 댔
다. 감시병이 순찰을 돌 때마다 안 보이는 그늘이나 나
무 뒤에 몸을 숨기고, 그들이 멀어지면 소형 카메라를
꺼내 들었다. 탄약고, 지하 벙커 입구 등을 향해 셔터
를 눌렀다.

긴장의 연속이라 손끝이 바르르 떨렸다. 너무나 생
생한 꿈이었다. 무슨 일이 있어도 임무를 완수해야 한
다. 가슴속은 사명감으로 불타올랐다. 기지에서 몰래
빠져나오자, 누군가가 말을 건넸다.

"여기야, 빨리 빨리…!"

청년은 그 남자가 재촉하는 대로 자동차에 올라탔
다. 차는 달리기 시작했고, 속도를 높였다. 운전하는
남자가 말을 걸어왔다.

"역시 대단해. 자네를 믿고 부탁한 보람이 있어. 어

떤가, 감상은…?"

"어디에 어떤 위험이 도사리고 있을지 모르니 만만한 일이라곤 할 수 없지. 하지만 그래서 스릴이 넘쳐. 임무를 완수했을 때의 짜릿한 성취감이란 정말 말로는 표현이 안 돼."

"그럼, 축배를 들까?"

"좋지."

이국 도시의 바에서 한잔하는 기분은 좋았다. 중요한 임무도 완수했겠다, 게다가 비밀스러운 일에 종사하고 있다는 사실도 마음 깊은 곳을 흥분시켰다.

얼마 후, 그는 술에 취해 꾸벅꾸벅 졸았다.

"이봐, 일어나. 다음 임무가 들어왔어."

청년은 그 목소리에 눈을 떴다. 호텔 침대 위에 누워 있었다. 창밖을 내다보니, 외국 거리의 풍경이 펼쳐져 있었다. 목소리의 주인공은 어제 차를 운전했던 남자다.

"내가 왜 여기 있지?"

"잠꼬대 그만하고, 정신 차려!"

"아직도 꿈속인가?"

조금 무료하긴 했어도 어제까지는 분명 아키코와

평온한 생활을 보냈다. 그런데 무슨 영문인지, 지금은 비밀 정보원이 되어 여기 있는 것이다.

"쓸데없는 소리 그만하고 빨리 일이나 시작해. 지령이 내려왔어."

남자가 당연하다는 듯이 말했다.

"무슨 일인데?"

"이번에는 훨씬 중대한 일이야. 국경 지대의 군비 상태를 조사하는 일이지. 출입 금지 구역으로 잠입해야 해. 자, 이건 권총이야."

권총을 건네받자, 묵직한 무게감이 느껴졌다. 이것이 현실임을 일깨워 주는 느낌. 청년은 차츰 그 상황에 익숙해졌다.

"하나면 될까?"

"만일의 사태도 발생할 수 있겠지. 이 소형 권총까지 가지고 가는 게 좋을지도 모르겠어. 부탁할게."

지도도 건네받았다. 현실을 앞에 두고, 머뭇거릴 수는 없었다. 자신감 비슷한 감정도 솟구쳤다.

그는 밖으로 나갔다. 숲속을 지나 목적지로 접근했다. 그런데 조금 방심했을까, 나무에 설치해 둔 감시용 광선을 알아채지 못하고 걸려 버리고 말았다.

순식간에 한 무리의 병사들에게 에워싸였다. 대장으로 보이는 사람이 큰 소리로 말했다.

"이젠 도망칠 수 없다. 무모하게 저항하지 말고, 손을 들어라!"

상대가 소수면 싸워 볼 수도 있겠지만, 그러기엔 조금 많았다. 청년은 항복하고 체포되었다. 반복적으로 여러 차례 심문을 받았지만, 청년은 아무것도 몰랐다. 시간이 좀 더 있었다면 자기가 어떤 입장이고, 조직이 어떤 상황인지 알아냈을 것이다. 그러나 청년에게 이 현실은 오늘부터 시작된 것이었다.

자백제 주사를 맞았다. 그런 주사를 놔도 모르는 건 모르는 것이다. 상대는 의아해하면서도 심문을 중단했다.

비밀재판에 회부되어 결국 감옥에 갇히고 말았다. 정체는 알 수 없지만, 스파이 행위를 한 것은 분명했으니까. 위험인물은 일단 수감시키는 게 최고다.

식사는 제대로 배급됐다. 생존은 보장받았다고 할 수 있으려나. 그러나 언제 석방될지 짐작조차 할 수 없었다. 청년으로서도 신기한 체험이라 처음에는 걱정된다기보단 어리둥절한 정도였지만, 시간이 흐를수록 무료함을 주체할 수가 없었다. 이곳 생활은 이제 지긋지긋하다.

그러던 어느 날 밤, 청년은 꿈을 꾸었다.

꿈속에서 청년은 학창 시절로 돌아가 있었다.

그는 교실에서 시험 답안지를 앞에 놓고 끙끙거리고 있었다. 뭐라고 써야 할지, 도통 알 수가 없었기 때문이다. 손목시계를 봤다. 시간은 속절없이 흘러갔다. 그는 조바심에 안절부절못했다. 목이 바짝바짝 마르고 가슴이 쿵쿵 뛰었다. 모든 게 생생했다.

시험 시간이 끝났음을 알리는 종이 울렸다.

그 소리에 그는 잠에서 깼다.

"하나도 못 썼어. 낙제야."

"야 인마, 정신 차려. 낙제일지 아닐지 아직 모르잖아."

그 말에 청년은 주위를 둘러보았다. 그곳은 기숙사 안의 어느 방이었다.

"그게 무슨 소리야?"

"아직 잠이 덜 깼냐? 시험은 내일이야. 어떤 문제가 잘 나오는지 선배한테 물어보고 왔어. 그 부분만 집중적으로 공부해 보자."

"그래야겠네…."

그렇게 말하며 그는 별생각 없이 거울을 들여다봤다. 젊어지긴 했지만, 분명 자기 얼굴이었다. 아니, 정말로 자기 얼굴인지 아닌지 확실하게 말할 순 없다. 그러나 타인의 얼굴 같은 느낌은 들지 않았다. 눈앞의 거울에 비치고 있으니, 그건 자기 얼굴이어야만 했다.

예상 문제를 잘 찍어서 공부한 덕분에 시험에서는 그럭저럭 합격점을 받았다. 그는 차츰 기숙사 생활에 익숙해졌다. 이것이 현실인 것이다. 필사적으로 부정하는 이상한 행동을 한다면, 웃음거리만 될 뿐이다. 현실에는 마땅히 적응해야 한다. 반항은 용서받지 못한다.

몇 달이 흘렀다. 익숙해지면, 현실만큼 따분한 게 없다. 이렇다 할 변화 없이 하루하루가 지나갔다. 희미한 기억을 더듬어 아키코와 살았던 맨션을 찾아가 보았다. 그러나 거기에는 낯선 사람이 살고 있었고, 회사 같은 것도 없었다.

그야 당연하겠지. 거기에 내가 있을 리 없다. 나는 지금 학생이니까.

그러던 어느 날 밤, 그는 꿈을 꾸었다.

아버지가 나오는 꿈이었다. 꿈속에서 그는 중학생이었고, 맥주를 몰래 마시다 들켜서 호되게 야단을 맞았다.

"어린놈이 감히 맥주를 마셔! 다음에 또 마셨다간 무사하지 못할 줄 알아!"

아버지는 고래고래 고함을 치고 손찌검까지 했다. 그는 잠에서 깼다. 옆에 아버지가 있었다. 술을 못 마시는 체질인 아버지가….

"아, 아버지. 어떻게 된 거예요? 아버지는 이미 돌아가셨는데."

"이놈이 무슨 재수 없는 소릴 해!"

"하지만…."

"난 이렇게 멀쩡하게 살아 있어. 안 보이냐? 만져 봐!"

"아, 네…."

눈앞에 있는 사람은 분명 아버지였다. 인정하지 않을 수 없었다. 거울을 보니 거기에는 소년인 그가 있었다.

또다시 이상한 일이 벌어지고 말았다. 하지만 나는

여기 이렇게 버젓이 존재한다, 이것이 현실이다, 그는 인정하지 않을 수 없었다. 그리고 현실에는 적응해야만 한다. 마음만 먹으면 어려운 일도 아니었다.

그러나 아버지의 시끄러운 잔소리만은 정말 고역이었다.

"요즘 학교 성적이 좋지 않은 것 같은데."

"죄송해요, 아버지."

"좀 더 열심히 공부해. 너는 공부해서 훌륭한 사람이 되어야 해. 놀기만 하면 형편없는 인생을 살게 된단 말이다. 나이 들어서 후회해도 소용없어."

"네."

"내 말 알겠지? 자, 빨리 공부해!"

"네."

아버지는 매일같이 큰 소리로 야단을 쳤다. 그는 그것이 달갑지 않았다. 그런 잔소리를 해 대는 아버지 자신은 어떤가. 나이도 먹을 만큼 먹었는데, 좋은 지위에 앉지도 못 했다. 자기 인생을 반성해서 하는 말이면 또 모르겠지만, 무작정 공부하라고 소리만 지를 뿐이다.

그는 아버지의 고함에도 차츰 익숙해졌다. 훌륭해지면 될 거 아냐. 어떻게든 되겠지.

그러던 어느 날 밤, 그는 꿈을 꾸었다.

그는 대기업의 회장실에 앉아 있었다. 부하 직원들을 잇달아 불러들여서 지시를 내렸다. 그 기업은 모두 자기 뜻대로 움직이고 있었다. 그는 기고만장했다.

바로 그때, 가슴이 갑갑해졌다.

"누구…."

그는 책상 위의 벨을 누르고, 앞으로 고꾸라졌다. 누군가가 와서 그를 옮겨 주었다.

"약 드실 시간입니다."

목소리가 들렸다. 눈을 뜨니, 그곳은 병실이었다. 자기가 부른 사람은 간호사였다. 입 안으로 물약이 흘러 들어왔다.

기력이 약해진 것을 스스로도 실감할 수 있었다. 얼굴을 옆으로 돌리는 정도가 고작이었다. 거기에 거울이 있었다.

노인의 얼굴이 비치고 있었다. 그것이 나겠지, 이것이 현실인 것이다. 그는 사고가 흐려져서, 그렇게 인정하는 게 고작이었다. 삶에 지쳐 버린 느낌이 온몸으로 퍼져 나갔다. 모든 게 쇠약해지고 희미해진 느낌이다.

의사와 함께 한 남자가 들어와서 물었다.

"회장님, 기분은 어떠십니까?"

"잠 좀 자게 내버려 두게."

그는 살며시 고개를 저었다. 아무런 의욕도 없었다. 말하는 것도 귀찮았다. 남자가 병실 한쪽에서 의사에게 작은 목소리로 물었다.

"상태는 좀 어떠신가요?"

"벌써 여든 살이시니까요. 연세를 봐서는 무슨 일이 생겨도 이상할 거야 없죠. 다시 한번 발작을 일으키면, 이번에는 어려울지도 모르겠습니다."

"그럼, 앞으로 며칠이나…?"

"글쎄요, 일주일 정도라고 할까요."

그 일주일 안에 그는 과연 무료함을 느끼고는 생생한 꿈을 다시 꿀 수 있을지….

친절한 악마

별로 신통치 않은 한 청년이 있었다. 여성에게 인기가 전혀 없어서 아직까지 독신이었다. 이렇다 할 재능도 없었고, 재정 상태도 좋지 않았다. 거기에다 몸까지 약했다. 요즘에는 피로가 좀처럼 풀리지 않아 병원에 다니는 중이었다.

병원에 갔다가 집으로 돌아가는데, 길에서 어떤 노인이 말을 걸었다.

"저어, 잠깐만….."

"무슨 일이세요? 길을 잃으셨나요?"

"그게 아니라, 잠깐 귀가 솔깃해지는 얘기를 해 줄

까 하고….".

"뭘 권유하고 싶으신 모양이군요. 그런데 별로 내키질 않아요. 길에서 처음 만난 사람이 하는 얘기를 귀담아듣다니, 상식 있는 사람이 할 행동은 아니잖습니까. 게다가 저는 돈도 없어요. 뭘 파실 생각이면 헛수고일 겁니다."

"그거야 잘 알고 있지. 내 얘기를 들어 보면 틀림없이 마음이 움직일 걸세. 적어도 잠깐 들어 보기라도….".

"글쎄요… 뭐, 딱히 급한 일은 없긴 한데."

"근처 찻집에 가도 좋겠지만, 괜찮으면 집에서 하는 게 어떻겠나? 그러면 더 차분히, 자세하게 설명할 수 있을 텐데."

"그럼 그러시죠."

난생처음 보는 사람이었지만, 노인은 청년에 관해 잘 알고 있는 듯했다. 너무 허물없이 대한다고나 할까, 찬찬히 보니 싱글벙글 웃고 있었다. 청년도 그런 모습에 흥미가 생겨서 집으로 데려올 마음이 들었던 것이다.

노인을 집 안으로 들이고, 청년이 변명하듯 인사치레를 했다.

"집이 좁죠? 독신이라 청소도 적당히 하고 삽니다."

"아니, 이제 곧 형편이 좋아질 거야."

천연덕스럽게 건네는 노인의 말을 듣고, 청년이 물었다.

"이상한 말씀을 하시네요. 어르신은 돈벌이 컨설턴트 같은 일을 하시나요? 아니면 범죄 조직의 조직원 모집 담당자인가요?"

노인은 계속 싱글벙글 웃으며 중얼거렸다.

"나 같은 사람이 그렇게 보일 줄은 몰랐네. 시대 흐름에 뒤처지지 않으려고 노력은 하지만, 좀 더 궁리를 해야겠군."

"대체 어르신은 누구세요?"

"말해도 안 믿을 텐데."

"말씀을 안 하시면, 더더욱 믿을 수가 없죠."

"그것도 맞는 말이군. 그럼 시험 삼아 말해 보지. 난 악마일세."

"흐음, 그렇군요."

"웃질 않으시네. 농담으로 받아들이진 않은 듯 보이는데… 하지만 믿지도 않겠지? 자기를 악마라고 믿는 머리가 이상한 작자라고….."

"뭐, 그런 셈이죠."

고개를 끄덕이는 청년에게 노인이 말했다.

"검은색에 귀가 뾰족하고 꼬리가 있다. 그런 전형적인 모습으로 나타나도 좋겠지만, 그러면 사람들은 그기이한 외모에 마음을 뺏겨서 내 얘기를 진지하게 들어주질 않는단 말이지."

"아아."

"젊은 여자의 모습으로 나타나도 좋지만, 그러면마녀 취급을 받기 일쑤지. 아이로 나타나면 기분 나빠하고. 부인 스타일이면 뭔가 좀 어울리질 않는다 싶어서… 그러니 결국 이런 모습으로 나타나게 된 걸세."

"하긴, 그렇겠네요. 연기 속에서 나타나면 소스라치게 놀라 자빠질 테고. 아무리 그래도 지금 얘기만으로는 어르신이 악마라고 믿기는 힘들어요."

"조금만 시간을 더 줘 보게. 얘기를 나누다 보면, 곧알게 될 테니까. 전에도 다들 그랬거든. 그나저나 자네, 여러 가지 소망이 있군."

노인이 화제를 살짝 바꿨다.

"그야 물론 아주 많죠."

"그중에서 세 가지를 들어드리지. 어디 한번 들어

볼까?"

"거짓말인지 진짜인지는 모르겠지만 어쨌든 말씀은 고맙군요. 하지만 진짜라면, 어르신은 악마니까 나중에 영혼을 내놓으라고 요구하겠죠. 어떤 책에서 읽은 적이 있어요."

노인이 웃으면서 손사래를 쳤다.

"그런 조건을 붙일 생각은 없으니 안심하게. 옛날에는 그런 강요를 하는 악마도 있었던 모양인데… 그야 물론 준다면 고맙게 받긴 하겠지만 무리하게 요구하는 일은 없을 걸세. 강제적인 방법은 안 되니까."

"너무 솔깃한 얘기라 오히려 비현실적으로 들립니다. 그건 그렇고, 왜 하필 저에게 눈독을 들이시죠? 세상에는 수많은 사람들이 있는데."

"나야 아무나 상관없지만, 자네가 너무 가엾어 보였거든. 애초에 잘생기고 수입도 많은 사람을 찾아가 봐야 아무 소용없지 않겠나? 이런 얘기를 하면 사기꾼쯤으로 여기고 말상대도 잘 안 해 줄 테니까."

"제가 동정을 샀다는 뜻이군요."

"그렇지. 이대로라면 자네 수명도 그리 길지는 않아."

"뭐라고요? 어떻게 그걸…?"

노인이 주머니 속에서 종잇조각을 꺼내 펼쳤다.

"방금 다녀온 병원에서 자네 진료 기록부를 복사해 봤지. 여길 보면 어려운 영어로 뭐라 뭐라 써 있는데, 대충 머지않아 자네가 병으로 죽는다는 걸 의미해."

"그걸 어떻게 손에 넣었죠?"

"악마가 가진 능력으로. 이런 것쯤은 식은 죽 먹기지."

이렇게 되자, 청년의 마음은 크게 움직였다. 죽고 싶은 사람이 누가 있겠는가.

"부탁합니다. 어떻게든 좀 해 주세요. 돈은 무슨 수를 써서라도 마련하겠다고 말하고 싶지만, 안타깝게도 거의 없어요. 힘을 빌려주세요."

"일단 안심하고. 그래서 내가 나타난 거니까."

"첫 번째 소원은 장수예요."

"서두를 것 없네. 경솔한 결정은 손해이기만 해. 이건 너무나 중요한, 두 번 다시없을 소중한 기회이니, 자넨 신중하게 결정해야 해. 아무리 장수를 해도 반신불수가 된 상태라면 곤란하지 않겠나?"

노인의 주의를 듣고, 청년은 어느 정도 냉정을 되찾았다.

"듣고 보니 정말 그렇네요. 제가 만약 전염병에라도 감염되었다고 하면, 생명이 보장되어 있으니 죽지는 않겠지만 병균을 퍼뜨리고 다니겠죠. 그렇게 되면 그야말로 역귀疫鬼인 셈인데… 사람들에게 알려지면 배척되고 말 거예요. 건강하게 오래 사는 걸로 바꾸겠습니다."

"아흔 살 쭈그렁 늙은이가 될 때까지 말인가?"

"말씀 참 거북하게 하시네. 잠깐 기다려요. 노화도 싫어요. 불로불사로 하죠."

"건강하게 불로불사. 사실 그것도 살다 보면 영원한 생명이 무거운 짐처럼 느껴질지도 모르는 일인데. 다만 그 부분은 언제든지 자네 의지대로 해약할 수 있어. 다시 말해 마음이 바뀌면 언제든 죽을 수 있다는 뜻이지."

"그런 마음이 생길 리가 없죠."

"첫 번째 소원은 결론이 났군. 기분이 어떤가?"

"나쁘진 않군요."

기분 탓일지도 모르지만, 청년은 나른함과 피로와 두통이 사라지는 느낌을 받았다.

"그럼, 두 번째로 넘어가지. 이번에는 돈으로 하겠

나? 아님 지위나 권력? 두 번째를 돈, 세 번째를 지위 혹은 명성으로 하면 양쪽 다 얻는 것도 가능하다만."

"지나치게 친절하시군요."

"고객의 이해를 먼저 구하는 게 방침이라…."

"일단은 돈이죠. 돈 없는 설움만큼 비참한 건 없어요."

"금액은 어느 정도로?"

"글쎄요…."

청년이 숫자를 중얼거렸다. 그러나 어느 정도 금액을 말하면 좋을지 짐작조차 할 수 없었다. 조금 전 이야기가 진짜라면, 이제 자신은 불로불사할 수 있게 되었다. 그런 인생을 유유자적 즐기며 살아갈 수 있는 금액이라면, 어설픈 액수로는 턱도 없겠지. 고민에 고민을 거듭한 끝에 그가 입을 열었다.

"…다이아몬드로 해도 될까요? 어쨌든 인플레이션이라는 요소도 고려해야 할 테니까."

"일리 있는 생각이긴 하지만, 다이아몬드도 언제 인공 합성법이 개발될지 모르는 일이라…."

노인이 웃으며 말했다.

"아, 어쩌면 이게 혹시 함정인가? 무한한 생명을 줘 놓고, 돈은 유한할 수밖에 없다는 식으로… 그럼 언젠가는 비참한 상태에 빠질 테고, 결국 끔찍한 일이 벌어지겠지."

"천만에. 그런 심술궂은 짓을 할 리가 없잖은가. 그럼 이렇게 해 보지. 물가연동제로다가 보통 사람의 한 달치 수입에 상응하는 돈을 매일 받는 건…."

"과연, 명안이네요. 그런 방법이 가능하다면 나쁘지 않은데요? 항상 주위 사람들보다 30배나 많은 월수입이 생긴다는 거 아닙니까. 그걸 계속 보장해 준다는 뜻이네."

"그렇지."

"하지만 세금으로 탈탈 털릴 텐데."

"소득세 같은 건 절대 안 붙을 테니 걱정 말고. 다만 그 돈은 모두 자기를 위해서만 써야 한다는 조건이 붙게 되겠지."

"알겠어요. 저도 한번 맘껏 사치를 누려 보고 싶거든요. 그걸로 하죠. 정말 약속한 겁니다."

"물론. 옷 안주머니를 살펴보면 바로 알 걸세."

청년이 자기 옷 안주머니로 손을 넣어 보았다. 뭔가가 들어 있었다. 꺼내 보니 돈다발이었다. 돈을 세어 보니 평균적인 월수입이라고 할 만한 금액이었다.

노인이 말했다.

"그렇게 매일 주머니에 돈이 생길 거야. 아 참, 옷을 도둑맞아도 상관없어. 자네가 뭘 입든 그 옷의 안주머니라는 의미니까. 인플레이션이 진행되면 액수도 늘어날 테고. 물론 반대로 불황이 오면 줄어들 수도 있고. 그런 일이 일어날지 어떨지는 잘 모르겠지만⋯."

청년은 혹시 위조지폐가 아닌지 불빛에도 비춰 보며 이리저리 만지작거렸다.

"믿을 수가 없어. 조금 전까지 아무것도 없었던 주머니에서 돈이 나왔어요. 그렇다면 모든 게 진짜였네. 내가 불로불사하게 된 것도, 어르신이 악마라는 말도⋯."

"놀랐나?"

"그야 당연히⋯.."

"그 돈을 돌려주면 모두 없었던 일로 할 수도 있지. 이런 건 도무지 마음이 안 내킨다면."

노인의 모습을 한 악마가 말했지만, 청년은 고개를 저었다.

"이제 와서 그만둘 생각은 없어요."

"그럼 이젠 마지막 하나만 남았군."

"뭘로 할까? 명성이나 지위, 권력도 좋지만 성가신

의무가 따라붙는 점도 고려해야 할 테니까…."

"신중하게 생각해서 결정해야 할 걸세. 앞에서 결정한 두 가지를 쓸모없게 만드는 소원을 빌어도 큰일이니까. 수입은 이미 정해져 버렸어. 높은 권력을 손에넣으면, 그 예산으로는 도저히 꾸려 나갈 수 없겠지."

"그건 그렇겠네요."

"대부분의 사람들은 여기서 이성을 원하던데."

"맞다! 그게 있었지. 저, 여자한테 인기가 없어서 삶이 재미가 없었어요. 그걸 부탁하죠."

"바로 결혼할 생각인가?"

"아니, 잠깐만요. 그게 문제네. 아무리 멋진 여성이라도 언젠가는 싫증이 나게 마련이죠. 바로 그거예요. 이혼해서 위자료를 줘야 하는 경우도 생길 수 있는데, 수입은 이미 결정되어 버렸으니까. 이혼을 몇 차례 반복하면, 돈도 얼마 안 남을 거예요. 나는 불로불사할 테니까."

"그야 그렇겠지."

"그치만 딱히 좋은 생각도 떠오르질 않아요. 실컷 즐겨 보고 싶은데 말이죠."

고민에 잠긴 청년에게 악마가 말했다.

"이건 어떻겠나? 매달 다른 여자가 찾아오는 식으로 말이지. 계속해서 신선한 느낌을 즐길 수 있다는 뜻인데."

"나쁘지 않군요. 하지만 그러다가 결혼하고 싶어지는 여성을 만날지도…."

"방금 반성하지 않았나? 결혼하면 언젠가는 싫증이 난다고. 정 그렇다면 적당한 결혼 상대를 찾게 해 달라는 소원을 비는 쪽이…."

"하지만 많은 여성들과 즐기고 싶기도 한데."

"욕심이 너무 과하면 곤란한데."

"알겠어요. 그럼 아까 말한 매달 바뀌는 쪽으로 하죠."

"좋아. 당장 오늘 밤부터 어떤가?"

"진짜요? 부탁합니다. 하지만 여성이 계속 눌러앉아 버리는 일은 설마 없겠죠?"

"골치 아픈 말썽은 절대 안 생길 걸세. 이로써 자네의 세 가지 소원이 다 실현되는 걸로 이해해도 되겠지?"

"고맙습니다."

"그럼, 다음에 또…."

청년은 악마의 말이 귀에 거슬렸다.

"지금 '다음에 또'라고 하셨나요?"

"앞으로도 가끔 찾아올 예정이네만."

"왜요?"

"애프터서비스라고나 할까."

"애프터서비스까지 해 줍니까?"

"나한테는 그쪽이 더 중요하니까."

악마가 웃으면서 돌아갔다.

그날 밤. 청년이 기대하며 기다리고 있는데, 젊은 여자가 찾아왔다. 상당한 미인인 데다가 순진해 보였고, 느낌도 나쁘지 않았다.

"잘 부탁드립니다."

여자가 인사를 하고 집 안을 정리했다. 청년은 즐거운 밤을 보낼 수 있었다. 태어나서 처음 있는 일이었다. 그 악마가 좋은 여성을 구해 줬군.

다음 날 아침이 되자, 옷 주머니에 또다시 돈이 들어 있었다. 청년이 여자에게 말했다.

"어때, 우리 여행이라도 갈까?"

"네, 같이 갈게요."

정말로 꿈결처럼 황홀한 날들이었다. 여행을 마치

고 돌아온 청년은 조금 나은 집으로 이사했다. 여자도 따라왔다. 주머니에서는 매일 돈이 나왔다.

그렇게 한 달이 지났다. 그 여자는 나가서 돌아오지 않았다. 청년은 별로 서운하지 않았다. 약속대로라면 다른 여성이 올 게 틀림없으니까.

그렇게 새로운 여자가 나타났다.

"잘 부탁드리겠습니다."

지난번 여성보다 키가 좀 더 크고 매우 가정적이었지만, 그것도 나름 괜찮았다. 매달 다른 느낌의 생활을 음미할 수 있는 모양이다.

그러던 어느 날 아침. 남자가 별생각 없이 뉴스쇼 프로그램을 보고 있는데, 아내가 갑자기 행방불명이 돼서 아이를 데리고 어쩔 줄 몰라하는 남편의 이야기가 방송됐다. 딱히 이렇다 할 원인도 없는데, 아내가 갑자기 사라져 버렸다고 한다. 곧이어 아내라는 사람의 사진이 나왔다.

"이봐! 저 사진은 당신이잖아!"

청년이 화면을 가리키며 말했다. 완전히 똑같았다. 여자가 고개를 끄덕였다.

"그런 것 같네요."

"여긴 왜 온 거야?"

"왠지 그냥 여기로 와야 할 것 같은 기분이 들어서…."

어떻게 해야 할지 몰라 망설이고 있는데, 노인 모습을 한 악마가 나타났다. 청년이 말했다.

"이상한 여자를 보냈군요. 이런 식으로 하는 겁니까?"

"그래, 바로 이런 식이지. 제아무리 악마라도 무에서 유를 만들어 낼 순 없는 법. 정신을 지배해서 이곳으로 오게 하는 거였지."

"그렇다면 맨 처음 여자는…."

"마찬가지네. 그 여자가 갑자기 사라지는 바람에 연인이었던 남자는 너무 슬픈 나머지 머리가 이상해져 버렸지."

"그건 너무하잖아요. 굳이 그렇게까지…."

"달리 방법이 없는 걸 어쩌겠나. 앞으로도 약속대로 매달 여성을 보낼 걸세."

악마가 히죽거리며 웃었다. 청년은 잠시 생각에 잠긴 후 말했다.

"그렇다면 매일 주머니에서 나오는 그 돈은…?"

"궁금할 테지. 여기, 신문 기사를 오려 왔네."

여러 가지 기사가 있었다. 회사에서 퇴근하는 길에 월급을 몽땅 잃어버린 남자. 오랫동안 모은 돈을 잃어버린 노부인. 돈을 전달하는 심부름을 하던 중에 감쪽같이 얼마간이 사라져 의심을 받고 가출한 소녀….

비극적인 기사뿐이었다.

"이게 그런 돈이라고?"

"난 분명히 말했어. 아무리 악마라도 돈을 만들어 낼 순 없다고. 다른 데서 가져올 수밖에."

"나쁜 사람한테서 가져오면 될 텐데…."

"잘 보면 그런 기사도 몇몇 있지."

전과 5범인 남자, 그자가 다시 강도 짓을 했다는 내용이었다. 이번에야말로 착실하게 살아 보려고 했는데, 장사 밑천이 사라져 버렸기 때문이라고 한다. 나쁜 사람에게 가로챘다고 해도 그 피해는 어쨌든 선량한 사람한테 미치는 것이다.

"이런 식이었단 말이에요? 어떻게 이런 끔찍한 짓을…."

"자네에게 매일 돈을 주겠다고 약속했으니까."

청년은 살짝 창백해진 얼굴로 말했다.

"그렇다면 그 불로불사도…?"

"그래, 아무리 악마라도 세상의 균형을 깨뜨릴 순 없는 법. 다른 데서 가져왔다는 뜻이지. 자네에게는 장수뿐만 아니라, 늙지 않게 해 주겠다는 약속까지 했으니 그 재료를 모으는 데만도 고생이 이만저만이 아니었어. 자네에게 첫 번째로 그 재료를 제공한 사람은…."

악마가 오려 낸 신문 기사를 꺼내려고 했다.

"보고 싶지 않아. 알고 싶지 않다고…!"

돈과 관련된 것 이상으로 비참한 기사가 실려 있을 게 틀림없다. 이런 방법을 쓸 줄이야. 청년이 소리쳤다.

"내가 악마가 돼 버렸어. 이렇게는 단 하루도 살 수 없어. 계약은 파기한다. 영혼을 주지."

"그렇게 할 텐가? 자, 그럼…."

청년은 그 즉시 죽었다. 그 사체를 바라보며 악마가 중얼거렸다.

"…허어 이런, 이렇게 순진하고 단순한 청년이 다 있나. 곰곰이 생각해 보면 나쁠 것이 하나도 없을 텐데. 요즘은 타인을 밀어내야 승진하고, 남의 돈을 가로채서 이익을 올리고, 자기를 위해서라면 법에 저촉되

지 않는 선에서 타인의 수명을 단축시키고도 뻔뻔하
기 그지없는 세상인데 말이야. 그거나 이거나 그리 큰
차이도 없을 텐데….”

내 자식을 위해서라면

그 남자는 비교적 큰 지방의 저명인사였다. 어딘지
모르게 위협적인 인상을 풍기는 얼굴이었고, 쉰 살을
조금 넘긴 나이에 관록이 있었다. 그도 그럴 것이 실
제로 그는 어느 범죄 조직의 지부장이었기 때문이다.

수많은 부하들을 거느리고, 법에 저촉되는 온갖 일
들을 해 가며 남자는 상당한 돈을 벌어들였다. 그러나
표면적으로는 저명인사로 가장했다. 내로라하는 명예
직 직함을 몇 개나 갖고 있다 보니 그를 신용하는 사
람도 많았다. 어찌 됐든 그러는 편이 여러모로 편리하
기 때문이다. 세상을 기만하며 정작 뒤에서는 악행을

멈추지 않았다.

남자의 아내는 몇 년 전에 사망했다. 그렇다고 해서 그에게 가족이 전혀 없는 건 아니다. 아들이 하나 있는 데, 현재는 상경해서 대학에 다니는 중이다.

어느 날, 남자에게 손님이 찾아왔다. 그 손님은 인 사를 한 후 이런 이야기를 꺼냈다.

"사실 저는 변호사입니다만⋯."

"변호사가 내게 무슨 일로⋯?"

남자가 태연하게 되물었다. 변호사에게 휘둘려 놀 랄 만한 성격은 아니었다.

"중요한 이야기입니다."

"대체 누구 의뢰로 여길 찾아왔습니까?"

정상적인 방법으로 사업을 하지는 않으니, 돈을 가 로채여서 불만을 품는 녀석도 있을 수 있겠지. 그러나 변호사를 보내서 그 돈을 되찾으려는 생각이야말로 크나큰 오산이다.

내 실력을 아직 몰라서겠지, 남자는 속으로 콧방귀 를 뀌었다. 이쪽에는 눈에 뵈는 게 없는 부하들이 많 다. 위협해서 얌전히 만들고 고소를 취하시키는 정도는 식은 죽 먹기였다.

그의 그런 속내는 아랑곳도 않고, 상대가 목소리를 살짝 낮추며 말했다.

"경찰 쪽에서는 아직 아무 연락도 없었습니까?"

"당연하죠. 무슨 소리를 하는지 도통 모르겠는데."

"그런가요? 그렇다면 경찰이 비밀리에 수사할 방침인 것 같군요."

상대가 고개를 끄덕이며 대답했다. 무슨 소리를 하는지 도통 모르겠다고 시치미를 떼긴 했지만, 실제로는 불법적인 일을 많이 저지르고 있었다. 그중 뭔가가 발각이 나도 부하들 선에서 마무리되는 구조이긴 하지만, 언제나 예외는 있을 수 있다.

남자는 은근히 걱정이 돼서 다음 말을 재촉했다.

"용건이나 빨리 말씀하시죠."

"사실은 당신 아드님에 관한 일인데…."

"그게 무슨 소리입니까…?"

남자가 몸을 내밀며 물었다. 그는 아들을 극진히 사랑했다. 아버지로서 당연한 일이겠지만, 그의 경우는 평범한 수준을 훌쩍 뛰어넘었다.

그는 자신이 세상에 떳떳하지 못한 일을 하고 산다

는 사실을 아들에게 비밀로 하고 있었다. 당연히 이런 일을 물려주고 싶지는 않았고, 아들만은 범죄와는 관계없는, 제대로 된 떳떳한 인생을 살아 주길 바랐다.

그래서 수도로 상경시켜서 좋은 대학에 보낸 것이다. 부모 눈으로 봐서 그런지는 모르겠지만, 성실하고 착한 아들이었다. 학교 성적도 나쁘지 않았다. 도대체 무슨 말썽에 휘말린 걸까. 남자가 물었다.

"…우리 애를 고소하려는 사람이라도 있습니까?"

그런 일이라면 간단하다. 돈이면 다 해결될 테니까. 그러나 변호사의 대답은 상상을 초월하는 내용이었다.

"그렇게 만만한 일이 아닙니다. 잘 들으세요. 당신 아드님은 살인을 저지르고 말았습니다."

"뭐라고…?"

남자는 새파랗게 질렸다. 자식만큼은 바르게 키우려고 그렇게 조심하고 애를 썼건만, 결국 피는 못 속인단 말인가.

"젊음이란 게 본래 순수함이 특색이라고는 하지만, 그게 때로는 불행한 결과를 낳는 경우도 있다 보니…."

친구와 논쟁을 벌이던 중에 양쪽 다 물러서지 않자 차츰 격해졌고, 그러다 결국 목을 졸라 상대를 죽이고 말았다는 것이다. 돈 때문에 저지른 흉행이 아니라는 것만이 유일한 위안이었다. 그러나 전혀 예상치도 못한 사태를 전해 들은 남자는 머릿속이 혼란스러웠다. 어쨌거나 세상에서 가장 사랑하는 자기 자식과 관련된 일이었기 때문이다. 뭘 어떻게 질문해야 할지 판단이 서지 않았다.

"그래서 내 아들이 체포됐습니까?"

"아뇨, 아직은. 현재는 모처에서 숨어 지내고 있습니다."

"당신은 그걸 어떻게 압니까?"

"앞으로 어떻게 하면 좋을지, 변호사인 저를 찾아와서 상담을 했거든요."

"왜 아버지인 내게 먼저 도움을 청하러 오지 않았을까? 뭐든 다 해 줄 텐데…."

남자가 중얼거리듯 말했다.

범죄 조직을 운영하고 있으니, 그런 일에는 익숙하다. 살인에 대한 대응책도 여러 가지 마련해 두었다. 알리바이 조작도 가능하다. 또한 유사시에는 부하 한

명에게 죄를 덮어씌워 대신 감옥에 보낼 수도 있다. 물론 그에 따른 보상은 지불하겠지만. 그러나 그는 힘없이 고개를 저었다. 아들은 아버지가 그런 일을 하고 있는지 꿈에도 모를 터였다.

"아드님은 아버님에게 누를 끼치고 싶지 않다, 걱정시키고 싶지 않다고 말했습니다. 당신은 이 도시의 저명인사라고 하더군요. 그 명성에 흠집을 내고 싶진 않다고…."

"아아, 정말 효심이 깊은 아이야. 내 지위 따윈 어떻게 되든 상관없는데."

남자가 눈물을 글썽였다. 자식을 위해 힘닿는 데까지 모든 걸 다 해 주고 싶은 마음이었다.

"지금 심정이 어떠실지 짐작이 갑니다. 부자지간의 정은 정말 끈끈하니까요. 마땅히 냉정해야 할 저마저도 마음이 흔들립니다."

"그건 그렇고, 그 아이의 심경은 어떻습니까?"

"범행 후, 한동안 몸을 숨기고 지냈습니다. 본능이죠. 잡혀서 감옥에 가고 싶지 않은 건 누구나 마찬가지일 테니까요. 그런데 마침내 생각이 바뀌었다고 합니다. 평생 동안 도망 다니면서 살 수는 없다고 말이죠.

재판을 받고 마음을 정리하고 싶은 쪽으로 바뀐 겁니다. 훌륭한 생각이죠. 그래서 자수를 할까, 하고 변호사인 저를 찾아와서 상담을 하게 된 건데…."

"당신, 설마 바로 자수하라고 권한 건 아니겠죠?"

남자가 다시 몸을 내밀었다. 자기 자식이 구속되는 것만큼은 도저히 참을 수 없었다.

"그렇지는 않습니다. 하지만 본인의 의지이기도 하고, 경찰에서도 손 놓고 있진 않을 테니 결국은 체포되겠죠. 어쨌든 재판은 받을 수밖에 없습니다."

"판결이 어떻게 나올 것 같습니까?"

"제 말 잘 들으세요. 사람이 한 명 죽었습니다. 사고도 아니고, 정당방위도 아닙니다. 살인죄라는 사실은 감출 수가 없어요. 물론 변호는 최선을 다해 해 드리겠습니다. 그러나 상식적으로 보면, 꽤 오랜 세월 감옥에서 수감 생활을 할 수밖에 없겠죠."

"내 자식한테 그런 꼴을 당하게 할 순 없어. 무슨 방법이 없겠습니까? 제겐 재산이 있습니다. 그 돈으로 목격자를 사서 다른 사람이 범인이라고 증언하게 만들 수도 있을 것 같은데."

남자는 예전에 그런 방법으로 사건을 처리한 적도

있었다.

"그렇게는 안 될 겁니다. 우연히, 조금 떨어진 곳에서 사건을 목격한 사람이 있거든요. 그 사람이 경찰에 신고했습니다. 강력한 증인이죠. 나중에 나타난 증인하고는 중요도가 전혀 다를 거예요."

"재판을 받는 건 어쩔 수 없다 해도, 어떻게든 아들을 감옥에 안 보낼 수 있는 방법이 없겠습니까?"

남자가 심각한 표정과 말투로 물었다.

"아드님도 그걸 원하고 있습니다. 사람들 눈을 피해 다녀야 하는 생활, 언제 잡힐지 몰라 가슴 졸이며 도망치는 나날들. 그런 삶이 싫어서 저희 사무실로 찾아온 거죠. 하지만 오랜 교도소 생활도 싫다…. 뭐, 누구나 그렇겠죠."

"어떻게든 힘이 되고 싶어요. 그 아이는 내 삶의 보람이란 말입니다. 따지고 보면 돈도 다 그 애를 위해서 버는 거지. 그런데 아무것도 해 줄 수 없다니…."

한탄하는 남자를 변호사가 위로했다.

"아니 뭐, 너무 그렇게 절망하진 마세요."

"무슨 묘안이라도 있는 듯한 말투군요. 하지만 살인사건이라 하지 않았습니까?"

"묘안이 전혀 없는 건 아닙니다. 하지만 그건 좀처럼 쓰기가 어려워요. 그 수법을 쓰면, 또 그 작전이냐는 식이라 변호사로서는 입장이 곤란해지니까요. 다행히 저는 아직 그 수법을 사용하진 않았습니다만…."

"뭔지는 잘 모르겠지만, 희망이 있다면 부탁 좀 합시다. 부디 그 수법을 써 줘요. 사례는 얼마든지 할 테니까."

"그렇게까지 말씀하시니, 저도 고민해 보지 않을 수 없군요."

"그런데 대체 어떤 방법을 쓰겠다는 겁니까?"

"정신이상으로 인한 범행으로 만드는 겁니다."

"흐음. 정신이상이라…."

남자가 팔짱을 끼고 한숨을 내쉬었다.

"물론 기분이 좋진 않으시겠죠. 법정에서 그런 선고를 들어야 하니까. 하지만 교도소에 들어가느냐 마느냐 하는 고비에 놓여 있어요. 그리고 그 정도의 추문은 얼마 뒤면 바로 사라져 버립니다. 게다가 현실적으로는 전혀 이상하지도 않잖아요. 이런 점들을 깊이 고려해 주시기 바랍니다."

"과연, 그 말도 일리가 있군. 하지만 뜻대로 잘 풀

릴까요?"

"그 점이 바로 변호사의 수완에 달려 있는 부분이
죠. 그런 종류의 판례를 면밀하게 조사했습니다. 자신
은 있습니다. 돈과 시간만 허락된다면….."

"물론 돈은 얼마든지 드릴 수 있어요. 그런데 시간
이 필요하다는 건 무슨 뜻입니까?"

"재판이 시작되면 의사에게 정신감정을 받게 됩니
다. 그때 우리의 계획이 쉽게 간파된다면 아무 소용이
없겠죠. 가면이 벗겨지지 않도록 수업을 해야 한다고
나 할까, 정신이상에 관한 지식을 몸에 익힌다고나 할
까, 아무튼 그런 준비가 필요합니다. 이 정도면 됐다
싶을 때 자수시키는 게 저의 작전입니다."

"맞는 말이군요."

"그리고 제가 여기까지 찾아온 이유도 그것 때문인
데, 당신에게도 협조를 요청하고 싶습니다."

"그야 물론 아들을 위해서라면 뭐든 다 할 겁니다.
그런데 뭘 어떻게 협조하면 되죠?"

"유전 문제지요."

"유전이라니…?"

남자는 선뜻 이해가 되지 않는다는 듯 고개를 갸

웃거렸다.

"그래요, 유전이죠. 무슨 수를 써서라도 아드님을 정신이상자로 만들어야 합니다. 그러기 위해서는 아버지인 당신이 정상이면, 주장의 근거가 빈약해집니다. 그러고 보니 그 아버지도 좀 이상하긴 했다. 그렇게 흘러가야 비로소 완벽해집니다. 법정에서 작전을 풀어 나가기도 상당히 수월해질 테고, 판사의 신뢰도 얻을 수 있을 테니까요. 무죄가 거의 확실하다고 할 수 있죠."

"흐음 과연, 그렇겠군."

"이해해 주신 것 같군요. 그럼, 어떠십니까?"

"어떻게든 해 봅시다. 모든 게 아들을 위한 일이니까."

"경찰도 눈에 불을 켜고 몰래 감시할 겁니다. 그러니 아드님은 한동안 이쪽에는 나타나지 않도록, 연락도 하지 말라고 말해 뒀습니다. 어떤 계기로 체포될지 알 수가 없으니까요. 준비가 갖춰질 때까지는 절대 잡히면 안 됩니다. 그러면 손을 쓸 방법이 없어요. 부디 각별히 조심해 주시기 바랍니다."

"알겠습니다. 모쪼록 잘 좀 부탁합니다."

남자는 목돈을 건네주었고, 상대는 돌아갔다.

그 뒤로 남자는 변호사가 알려 준 임무에 착수했다. 그 무엇과도 견줄 수 없는 소중한 자식을 위해서다. 절대 감옥 같은 곳에는 보낼 수 없다. 그런데 대체 정신이상자처럼 보이려면 어떻게 행동해야 하지? 어쨌든 보통 사람은 하지 않을, 뭔가 이상한 짓을 하면 되겠지.

남자는 다른 사람과 대화를 나누던 중에 느닷없이 소리를 질러 보았다.

"으악!"

상대가 깜짝 놀랐다.

"왜 그러세요?"

"뭐가요?"

"당신이 지금 큰 소리를 냈잖아요."

"그런 적 없습니다."

남자는 철저하게 시치미 떼는 표정을 지었다. 이런 식으로 하면 되지 않을까? 꼴불견이겠지만 다 자식을 위한 일이다. 상대는 고개를 갸웃거리며 돌아갔다.

한 번만 해서는 소용이 없다. 많은 사람들에게 이상하게 보여야 한다. 그 다음으로 남자는 자기 집 지붕에

하트 모양 마크가 그려진 깃발을 걸었다. 이웃 사람들이 물어보러 왔다.

"저건 뭘 홍보하는 건가요?"

"아니에요. 난 그런 일을 맡지는 않아요."

"그렇겠죠. 당신은 저명인사니까. 그럼 저건 대체 뭔가요?"

"신의 계시가 있었기 때문이에요. 저 깃발을 걸어라, 세상에 도움이 될지어다…."

상대는 놀라서 눈을 희번덕거리며 물러났다.

그리고 또 이런 얘기를 해 본 적도 있다.

"어제, UFO를 봤어요."

"운이 좋으셨네요. 저도 한 번쯤 보고 싶은데, 아직 그런 기회를 못 만났습니다. 그런데 어떻던가요?"

"손짓을 하니까 가까이 다가왔어요. 우리 집 2층 창밖에 멈추더군요. 안에서 우주인이 얼굴을 내밀었어요."

"그래서 어떻게 됐죠?"

"돈을 줬더니, 고개를 몇 번이나 굽실거리면서 신바람이 나서 날아갔습니다."

진지하기 이를 데 없는 말투였다. 이야기를 듣던 사

람은 갑자기 볼일이 떠올랐다느니 어쩌니 하며 서둘러 돌아갔다.

남자가 조금 이상해진 것 같다는 소문이 퍼져 나갔다. 당사자는 만족했다. 그래, 이거면 됐다. 이러면 아들을 구하는 데 도움이 되는 것이다. 좀 더 계속해야 한다.

남자는 그렇게 생각하고, 근육을 단련하는 운동기구를 대량으로 사들여서 경찰서로 찾아갔다.

"이걸 좀 보세요."

"무슨 일입니까? 습득한 건가요, 도둑을 잡아서 몰수한 건가요?"

"아니에요. 제 돈으로 샀습니다."

"새로운 사업이라도 시작하십니까?"

"그런 건 아니에요. 세상에는 형편이 어려운 사람들이 많을 겁니다. 그런 사람들에게 경찰이 직접 이걸 나눠 주셨으면 합니다."

"이 기구를요?"

"좋은 일이라고 생각하는데요."

"그 마음은 탄복할 만합니다만, 그럴 거면 기구 같은 걸 사지 말고, 그쪽 분야를 담당하는 관공서로 가셔서 그냥 돈으로 주셨으면 좋았을 텐데요. 그게 더 효율적이잖습니까."

"제 생각에, 형편이 어려운 사람은 다 근육이 약한 사람을 의미합니다. 게다가 경찰이 아닌 다른 관공서는 신용할 수 없어요. 다른 관공서는 착복해 버릴 게 뻔해요. 꼭 부탁드립니다."

어떻게 응대해야 할지 곤혹스러워하는 경찰은 아랑곳도 않고, 남자는 기구들을 떠넘긴 채 돌아왔다. 머리가 이상해졌다고 여길 게 틀림없다. 게다가 상대는 경찰이다. 유리한 증인이 되어 줄 것이다. 남자는 스스로 생각해도 묘안이라며 내심 만족스러워했다.

그의 기행은 곳곳에서 화제가 되었다. 그러나 남자는 여전히 범죄 조직의 보스이기도 했다. 어느 날 부하가 찾아와서 말했다.

"무슨 일 있으십니까? 요즘 보스에 관한 이상한 소문이 들리던데요."

"크아악!"

남자가 소리를 내질렀다. 부하라도 긴장을 풀면 안 된다. 아들을 위해서라면 모든 면에서 완벽한 연기를 해야 한다. 작전이 들통나면 돌이킬 방법이 없다. 부하가 의아해하는 얼굴로 물었다.

"왜 그렇게 큰 소리를 지르시는지…?"

"난 소리 지른 적 없다."

부하가 고개를 끄덕였다. 역시 여기저기서 들리는 소문이 진짜였구나, 하면서.

"일 때문에 피로가 많이 쌓이셨겠죠. 의사한테 가서 진찰을 좀 받아 보시는 게 좋을 것 같은데…."

"아니, 그건 안 돼. 의사라는 작자는 모두 능구렁이들이야. 섣불리 진찰을 받았다간 외려 곤욕을 치를걸. 너도 조심해."

"아, 네…."

부하는 곤혹스러운 표정으로 돌아갔다. 보스가 이렇게 되어 버린 이상, 어쩔 수가 없다. 명령을 따랐다가는 무슨 일이 벌어질지 모르지 않는가.

남자는 그 지역 범죄 조직의 보스지만, 동시에 그보다 상부 조직의 지배하에 있었다.

상부의 지시를 전하러 온 사람이 말했다.

"마약 판매와 관련된 계획을 들으러 왔습니다."

"현재, 개에게 판로를 확장하는 중입니다. 이쪽은 장래가 유망합니다. 반려견을 자기 자신 못지않게 사랑하는 사람이 많아요. 개를 위해서라면 돈을 아끼지 않죠. 틀림없이 수익성이 좋을 겁니다."

"농담은 그만하시죠. 아니면 당신, 혹시 마약에 취한 겁니까?"

"진심입니다. 그리고 마약은 하지도 않았어요. 이건 어디까지나 조직을 위한 길이라고 생각해서⋯."

"사람이 완전히 변해 버렸군. 큰일이야."

결국 상부에도 이 같은 상황이 보고되었다. 얼마 후 위에서 내려온 지시로 남자는 지부장 자리를 내놓을 수밖에 없었다. 오랜 세월을 바쳐 손에 넣은 지위였지만, 하는 수 없었다. 이 모든 게 자식을 위해서였다.

그렇게 반년이 지났다.

남자는 더 이상 저명인사도, 보스도 아니었고 제대로 어울려 주는 사람도 없었다.

어느 날, 갑자기 아들이 찾아왔다. 남자는 깜짝 놀라 목소리를 낮추고 말했다.

"너, 괜찮은 거냐? 누구한테 들키진 않았어? 빨리 숨어. 너 때문에 줄곧 걱정이 이만저만이 아니었어."

"무슨 소리예요?"

"네가 저지른 일을 잊은 거냐? 그 엄청난 일을⋯?"

"무슨 말인지 전혀 모르겠어요. 그보다 아버지야말로 괜찮으세요?"

"무슨 소리야?"

"사실은 반년 전쯤에 어떤 사람이 저를 찾아왔어요. 변호사라면서 이런 이야기를 했어요. 아버지가 살인을 저질러서 몸을 숨기고 있다느니 어쩌느니… 아버지를 구해 낼 방법은 하나밖에 없다. 정신이상자로 만드는 방법뿐이다. 그러니 그 작전을 확실하게 굳히려면 아들에게 유전되었다는 것을 증명해야 한다고요. 그래서 제가 얼마나 애를 태웠는지 몰라요. 아버지를 위한 일이라고는 하지만, 계속 미치광이처럼 행동해야 했거든요."

남자는 제대로 한 방 먹은 것을 알아차렸다.

"아…!"

그 이상은 아무 소리도 나오지 않았다.

어떤 운세

해가 뉘엿뉘엿 기울어 가는 시간. 도심의 번화가에서 조금 떨어진 곳에 자리 잡은 빌딩 옆에서 마흔 살쯤 된 점쟁이가 천막 점집을 차리고 있었다.

지나가던 젊은 여자가 가던 길을 멈추고 손바닥을 펼쳐 보였다.

"잠깐 손금 좀 봐 주세요."

품위 있는 옷차림에 고가로 보이는 손목시계를 차고 있었다. 점쟁이는 한동안 입을 다물고 있다가 이윽고 천천히 말하기 시작했다.

"당신은 가정환경이 좋아요. 지금까지 풍족함을 누

려 왔지. 사는 데 부족한 점이 없었어."

"그런 말은 안 해 줘도 다 알아요. 나는 운세를 듣고
싶은 거예요. 미래가 어떻게 될지…."

그야말로 젊은 여성답게 꿈을 꾸는 듯한 눈빛이었
다. 무슨 고민이 있어서가 아니라, 그저 호기심에 이끌
려 들러 본 것 같았다.

점쟁이가 손금을 보고 말했다.

"당신은 조만간 위험한 상황에 처할지도 몰라요."

그 말을 들은 여자가 얼굴을 살짝 찡그렸다. 그런
말을 첫마디로 듣게 될 줄은 상상도 못 했기 때문이다.

"어머, 싫어요. 그런데 어떤 위험한 상황이죠?"

"글쎄요. 단지 위험한 일이라고밖에 할 수 없어요.
다행히 당신의 운세는 전반적으로 매우 강해서 끔찍
한 일로 번지지는 않고 잘 마무리될 겁니다."

"다행이네, 일단은 안심해도 되겠어요. 그러면 그
후의 운세는…?"

"뭔가 좋은 일이 기다리고 있는 것 같습니다. 하지
만 일단은 조만간 닥칠 위험에 조심하는 게 가장 중요
해요. 너무 걱정할 일은 아니겠지만."

"그럴게요. 그런데 너무 막연해서 어떻게 조심해야

할지 모르겠네요."

여자가 복채를 얼마쯤 지불하고 그곳을 떠났다.

그러고는 한참을 걷다 인적이 드문 길로 접어들었
다. 바로 그때 그녀 뒤에서 큰 소리가 들렸다.

"위, 위험해…!"

그런 비명에 이어서 뭔가가 깨지는 격렬한 소리가
들렸다. 그녀가 돌아보니 1미터쯤 뒤에 박살이 난 화
분이 있었다. 깨진 화분 조각과 흙, 화초가 콘크리트
길 위에 어지럽게 널브러져 있었다. 비명을 지른 남
자가 가까이 다가오더니, 옆에 있는 맨션을 올려다보
며 말했다.

"정말 아찔했어요. 이런 게 위에서 떨어지다니…
틀림없이 당신이 맞을 줄 알았는데, 무사해서 정말 다
행입니다."

상황을 전해 들은 여자는 눈을 휘둥그레 뜨고, 심호
흡을 깊이 두세 번 한 뒤 말했다.

"전혀 몰랐어요. 정말 큰일 날 뻔했네요. 아무 일 없
어서 다행이에요. 소리를 질러 줘서 고마워요."

"감사 인사를 하실 건 없습니다. 엉겁결에 소리가
튀어나와 버렸으니까. 제가 주의를 줬다고 해서 당신

이 몸을 피할 여유 같은 것도 없었고요. 아무 일도 없었던 건 당신이 운이 좋아서겠죠."

"그러고 보니, 그런 것 같네요."

"창가에 화분을 내놓은 사람이 있었던 거잖아요. 정말 어처구니없는 맨션입니다. 당신은 이곳 책임자에게 이의를 제기해야 합니다."

여자는 잠깐 생각한 후에 말했다.

"아니, 그만둘래요. 이미 끝난 일이고 난 아무 일도 없었잖아요."

새삼 다시 보니, 규모가 큰 맨션이었다. 항의하기도 귀찮았다. 책임을 피하려고 구차한 변명이나 늘어놓겠지. 아니면 줄기차게 사과만 해 대거나. 쓸데없는 시간 낭비일 뿐이다.

게다가 어디를 다친 것도 아니고, 옷이 더럽혀진 것도 아니라 금전적인 피해 보상을 청구할 수도 없었다. 그녀로서는 딱히 돈이 궁한 것도 아니라서, 돈이나 조금 받으려고 끈질기게 따지는 것도 내키지 않았다.

그러나 남자는 여전히 화가 가라앉지 않은 말투로 이야기했다.

"하지만 이대로 넘어가는 건 좋지 않아요. 또다시

이런 일이 발생하지 않으리란 법도 없고요. 내가 대신 항의하겠습니다. 진짜 이건 말도 안 되는 일이에요. 너무 위험하잖아요."

"그럼, 부탁드릴게요."

여자는 그 자리를 떠났고, 남자가 건물 안으로 들어갔다.

며칠 후, 그 젊은 여자는 또다시 점쟁이를 찾아갔다.

"지난번에 점을 봐 준 게 정말로 맞았어요."

"어이쿠, 저런….."

"여기서 나가서 얼마 안 지나서예요. 저 하마터면 큰 부상을 입을 뻔했다니까요. 어쩌면 죽었을지도 몰라요."

"무슨 일이었죠? 참고삼아 좀 들어 두고 싶습니다."

"사실은….."

그녀가 하마터면 위에서 떨어진 화분에 맞을 뻔했던 이야기를 들려주었다.

"그랬군요. 점괘에는 그렇게 구체적인 내용까지는 나오질 않았습니다. 너무 안타깝군요. 제가 아직 공부가 부족한 것 같습니다."

"아니에요. 그렇게 족집게처럼 미래를 예측할 수

있는 역술인은 없어요. 점괘를 푸는 솜씨가 정말 훌
륭하세요."

"그렇게 말씀해 주시니 기쁩니다. 그나저나 당신은
운이 참 강한 분이군요. 그 점괘는 제대로 적중한 것
같습니다. 조금만 엇갈렸으면 끔찍한 일이 벌어질 뻔
했어요. 그러나 이젠 괜찮아요. 앞으로는 모든 일이 잘
풀릴 테니까요."

"어떻게 잘 풀릴까요? 잠깐 봐 주시겠어요…?"

젊은 여자가 손바닥을 내밀었고, 점쟁이가 손금을
보면서 말했다.

"글쎄요… 확실하게 말씀드릴 순 없지만, 당신이 마
음속으로 바라는 일이 조만간 실현될 것 같습니다."

"으음, 저의 희망은 멋진 남자 친구가 생기는 거예
요. 우리 집은 굉장히 엄해서 남자랑 자유롭게 교제하
는 게 거의 불가능하거든요. 부모님이 사귀어도 된다
고 허락해 주는 사람은 얌전하고 재미없는 남자뿐이
에요."

"흠 과연, 그렇겠군요. 바로 그겁니다. 머지않아 그
희망에 걸맞은 사람이 나타날 겁니다."

"기대하고 기다려 볼게요."

여자는 복채를 지불하고 그곳을 떠났다.

여자는 그 후 번화한 거리를 걸어갔다. 뒤에서 누군
가가 말을 걸어왔다.

"저기요, 이거 당신이 떨어뜨린 거 아닌가요?"

돌아보니 느낌 좋은 청년이 봉투를 내밀고 있었다.
다만, 그 봉투는 여자의 것이 아니었다.

"그건 제 물건이 아니에요."

"그렇군요. 그럼 근처 파출소에 갖다주기로 하죠.
아 참, 죄송하지만 잠깐 같이 가 주시겠습니까?"

"어머, 왜 저까지 가야 하죠?"

"저는 지금 막 이 봉투를 주웠어요. 내용물이 돈일
수도 있고, 중요한 서류일지도 모릅니다. 파출소에 갖
다주는 건 상관없지만, 혹시라도 제가 내용물을 슬쩍
했다는 의심을 사면 기분이 안 좋겠죠. 그런 오해는 사
고 싶지 않습니다."

"그럴 수도 있겠네요. 그런 생각을 바로 떠올리다
니, 머리가 좋으신 분이네요."

파출소에 봉투를 갖다주었다. 그것을 받아 든 경찰
이 내용물을 확인했다. 얇고 큰 판형의 시집 두 권이
들어 있을 뿐이었다. 딱히 고가품은 아니었다.

청년이 머리를 긁적이며 여자에게 말했다.

"제가 너무 소란을 피웠군요. 하찮은 일로 폐를 끼쳤습니다. 사과하는 뜻으로 근처에서 차라도 한잔 사드리고 싶은데…."

"좋아요."

두 사람은 찻집으로 들어갔다. 그 청년은 머리만 좋은 게 아니라, 유쾌한 구석도 있었다. 재미있는 이야기를 끊임없이 들려주었다. 시간 가는 줄도 모를 정도였다.

여자가 손목시계를 보며 말했다.

"정말 즐거웠어요. 얘기를 좀 더 듣고 싶지만…."

청년이 명함을 꺼냈다.

"저는 이런 회사에서 일하고 있습니다. 마음이 내키면 연락 주세요. 다음에 또 차라도 한잔 같이 하죠."

"그러죠, 오늘은 이만…."

일주일쯤 지나 여자가 다시 점쟁이를 찾아갔다. 존경스럽다는 표정으로 말했다.

"정말 잘 맞추시네요."

"그러고 보니, 전에 오셨던 분이죠?"

"또 맞았어요."

"무슨 얘기를 해 드렸더라?"

"남자 친구가 생긴다고…."

"아 맞다, 그랬죠."

"그런데 말이죠. 여기서 나가서 바로 나타났어요. 저는 느낌이 확 왔어요. 이 사람이 점괘에 나왔던 그 사람이구나. 그래서 조금 적극적으로 나갔죠."

그녀의 말투는 한껏 들떠 있었다.

"어이쿠, 그렇군요. 어떤 남자였나요? 이상한 남자면 저도 책임을 느낄 수밖에 없는데."

"아뇨, 상당히 느낌이 좋은 남자예요. 무엇보다 징그러운 면이 없고 씀씀이도 시원스러워요. 용돈이 부족하진 않지만, 저한테 얻어먹으려고 하는 사람은 아무래도 좋아지질 않거든요."

"그야 그렇겠죠."

"저는 완전 마음에 들었어요. 그 후에 전화로 연락해서 두 번 정도 만났어요. 성격이 밝은데 성실하기까지 해요. 잘난 척도 안 하고요. 싫은 구석이라곤 전혀 없는, 그런 남자도 세상에 존재하더라고요."

그녀는 무척 기뻐했다. 점쟁이가 고개를 끄덕이며 말했다.

"그거 참 잘됐습니다."

"그나저나 여기 점은 정말 잘 맞아요. 왜 그럴까요?"

"그건 당신이 순수한 성격이기 때문이겠죠. 또 운도 강하고요. 그래서 저에게도 기운이 바로 전해지는 겁니다. 하지만 잘 맞춘다는 말은 다른 사람에게는 하지 말아 주세요."

"어머, 왜요?"

"세상에는 점괘를 내기 어려운 사람도 있어요. 그런 사람한테는 실망만 안겨 주고 말 겁니다. 또한 평판이 퍼져서 손님이 늘어나도 장단점이 있어요. 정신적으로 지쳐서 영감을 잘 받을 수가 없다거나⋯ 아무튼 지금 이 정도가 딱 좋아요."

점쟁이의 설명이 끝날 때까지 기다렸다 그녀가 말했다.

"남들이야 어떻든 상관없어요. 어쨌든 저는 운이 좋다는 거죠? 점 좀 더 봐 주세요."

여자가 그렇게 말하는 것도 당연했다. 더더욱 미래를 알고 싶어졌다. 앞으로 내민 손바닥을 바라보며 점쟁이가 말했다.

"당신은 조만간 큰 이익을 얻을 것 같습니다."

"어머, 그래요? 사실 돈이 아쉬운 상황은 아닌데."

"오히려 그런 사람이 돈을 더 잘 벌죠. 당신은 돈이 부족하진 않아요. 하지만 돈이란 건 많으면 많을수록 좋은 거 아닙니까. 해외여행을 가도 즐겁고, 삶에 대한 자신감도 저절로 몸에 배죠. 당신은 지금까지 자기 힘으로 돈을 벌어 본 적은 없지 않나요…?"

"아, 네."

"나도 돈을 벌 수 있다. 그런 체험을 해 보는 건 의미가 있다고 생각합니다."

"그건 그러네요."

"당신은 부러울 정도로 운세가 강해요."

"부러워하지만 말고 본인 점도 좀 보시면 좋잖아요. 족집게처럼 잘 맞추시니까."

"그런데 말이죠, 자기 점괘는 안 나오거든요. 그래서 점쟁이라는 직업이 존재하는 겁니다."

"왠지 딱하다는 생각이 드네요. 만약 제가 큰돈을 벌게 되면, 감사 인사로 조금 나눠 드릴게요."

"그건 안 돼요. 그렇게 되면 제 일이 되는 거라… 점 치기가 어려워져요."

"그럴지도 모르겠네요. 왠지 제가 잘 풀릴 것 같은

기분이 들어요. 지금까지 다 잘 맞았잖아요. 그러니까 이번에도….”

그녀는 복채를 내고 그곳을 떠났다. 계속 걸었지만, 오늘은 말을 건네는 사람이 없었다.

그녀는 잠깐 쉬려고 찻집으로 들어갔다. 잠시 후 마흔 살쯤 되어 보이는 남자가 들어와서 옆 자리에 앉더니, 테이블에 양쪽 팔꿈치를 짚고 머리를 감싸며 중얼거렸다.

“정말 큰일이군. 이 일을 어쩌지….”

땅이 꺼져라 한숨을 내쉬었다. 기운이 없는 표정으로 안절부절못하는 분위기였다. 호기심이 발동한 여자가 말을 걸어 보았다.

“왜 그러세요? 어디 몸이라도 안 좋으세요?”

고개를 든 남자가 여자의 물음에 답했다.

“아, 아뇨. 그런 건 아닙니다. 그보다 훨씬 더 곤란한 문제가 생겨서요.”

“무슨 일인데요?”

“그만두죠. 당신처럼 젊은 여성에게 말해 봐야 아무 소용없는 일입니다.”

“하지만 말씀을 안 하시면, 소용이 있을지 없을지도

모르잖아요. 말하고 나면 기분이 풀릴 수도 있고, 얘기하다 보면 해결책이 떠오를 수도 있고….”

“그런 기대조차 할 수 없는 절실한 문제입니다. 사실은 제가 작은 회사를 경영하고 있는데, 자금줄이 꽉 막혀 버렸어요. 이번 고비만 잘 넘기면 어떻게든 풀리는데, 그럴 돈이 없어요.”

남자의 표정이 또다시 어두워졌다. 그녀가 말했다.

“잘은 모르겠지만, 정말 힘드시겠어요.”

“돈을 마련할 방법이 있긴 했어요. 장래를 위해 예전에 사 뒀던 별장지가 있거든요. 지인에게 말했더니 사 줄 것처럼 말했죠. 그래서 계약을 논의하기 시작했는데, 갑자기 다른 데 급히 돈이 필요해졌다면서 미안하지만 살 수 없다고 거절해 버렸어요.”

“그건 정말 실망스럽네요.”

“너무 믿었던 게 탈이죠. 저는 내일 중으로 돈이 필요해요. 그런데 상황이 이렇게 꼬여 버리니, 구입한 가격의 3분의 1만 받아도 좋다고 해도 아무도 사 주질 않네요. 부동산 업자에게 애원하면, 보나 마나 약점을 잡고 가격을 더 후려치겠죠. 나는 당장 어느 정도의 목돈이 꼭 필요한 상황이라….”

남자가 중얼거리듯 그 금액을 말했다. 여자가 잠시 생각에 잠겼다가 입을 열었다.

"알았어요. 그 별장지, 제가 살게요. 내일까지 돈을 마련하면 되는 거죠?"

"어, 정말요…?"

남자는 믿기지 않는다는 표정을 지었다.

여자가 떠난 후, 가게를 접은 점쟁이는 택시를 타고 잠시 달려 어느 빌딩의 사무실로 향했다. 그러고는 그곳에 있는 남자에게 말했다.

"모든 일이 보스의 계획대로 순조롭게 진행되고 있습니다."

상대인 중년 남자는 언뜻 보기에는 신사처럼 보이지만, 실제 정체는 그렇지 않았다. 거의 불법에 가까운 일들을 해서 돈을 벌어들이는 전문가였다. 그가 고개를 크게 끄덕거리고, 웃으며 대답했다.

"그거 잘됐군."

"돈 좀 있어 보이는 여자가 걸려들었어요. 좀 더 나이가 있는 여자가 좋겠다 했지만, 나쁘진 않을 것 같습니다. 젊은데도 돈이 꽤 있어 보여요. 부잣집 딸이겠죠."

"그렇군. 쓸모만 있으면 누구든 상관없어."

"먼저 위험한 일을 당하게 될지 모른다고 예언하고, 그 뒤에 남자를 붙여서 화분을 던지고 소리를 지르게 했습니다. 철석같이 위에서 떨어진 줄 알았나 봅니다. 며칠쯤 뒤에 찾아와서는 정확히 맞혔다며 감탄하더군요."

"순조롭군."

"신용이 높아진 겁니다. 그 다음은 멀끔한 청년을 접근시켰습니다. 고용해서 연극을 시키느라 돈이 꽤 들긴 했어요. 아마 이런 쪽으로 풀리겠지 예상하고 미리 준비해 두길 정말 잘했죠. 청년의 연기도 훌륭했던 것 같습니다. 이제 그 여자는 제가 시키는 대로 할 겁니다. 아 참, 이건 그 청년에게 지불한 돈의 영수증입니다. 제가 중간에 가로챘다는 오해는 받기 싫어서요."

"너무 그렇게 자잘하게 신경 쓰지 마. 필요한 경비를 아끼면 성공 못 해."

"드디어 마지막 마무리 단계입니다. 전부터 준비해 둔 부동산을 팔아넘기는 데까지 진척시켰습니다."

"그 서류는 여기 있어. 아무 가치도 없는 토지이지

만, 부동산인 건 틀림없지. 법에 저촉되는 거래가 아니야. 게다가 점쟁이가 뭐라고 부추겼든 그건 사기가 성립되질 않아."

"그건 저도 조심하고 있습니다. 토지를 사라는 말은 직접적으로 하지 않았어요."

"여자가 자네를 믿는다 했으니, 당분간은 못 알아채겠지. 이걸 시작으로 열 명쯤 낚아 보기로 할까. 고용한 녀석들에게 지불할 돈을 빼더라도 상당히 많이 남을 거야. 의심을 사게 되면, 장소를 옮겨서 계속하자고."

"정말이지 보스의 계획은 대단합니다. 대부분의 사람은 제대로 걸려들 겁니다. 멋진 아이디어예요."

"뭐, 그렇게까지 대단할 건 없고."

보스라고 불린 그 남자는 만족스러운 듯한 몸짓으로 사무실에서 나와 집으로 돌아갔다.

그는 가족 앞에서는 밖에서 번듯한 일을 하는 것처럼 행동한다. 그렇지 않으면 집에서 큰소리를 칠 수 없으니까. 굳이 수상쩍은 일을 한다고 밝힐 필요는 없다.

"나 왔다."

"아빠, 오셨어요."

외동딸이 반갑게 맞아 주었다. 그가 주위를 둘러보
며 말했다.

　　"어, 어떻게 된 거야, 벽에 걸어 둔 그림은 어디 갔
어? 안에 넣어 뒀니? 네가 좋다고 해서 사 준 그림이잖
아. 외국 화가의 작품이라 상당히 고가였어. 세 점 모
두 다시 제자리에 걸어 둬."

　　"이제 됐어. 다 팔아 버렸어."

　　"어디에 쓰려고?"

　　"땅을 사려고. 틀림없이 가격이 뛸 거야. 아 참, 다
른 사람에게는 말하지 말라고 했는데, 그래도 아빠한
테는 꼭 알려 주고 싶네. 아빠도 가서 점 한번 봐 봐. 소
름이 끼칠 정도로 잘 맞추는 점쟁이를 알거든."

희망의 결말

그 청년은 은행원이었다. 그가 가진 유일한 장점이라고는 성실함뿐, 내세울 만한 재능도 없었던 터라 다람쥐 쳇바퀴 돌듯 출퇴근만 되풀이하는 나날이었다.

어느 날, 상사가 청년을 불렀다.

"자네에게 부탁하고 싶은 일이 있네."

"네, 무슨 일을 하면 될까요? 지시하시는 대로 처리하겠습니다."

"다른 사람이 들으면 좀 곤란한 내용이니, 다른 곳으로 가서 얘기하지."

둘은 함께 작은 사무실로 자리를 옮겼다. 청년이

물었다.

"무슨 중대한 일인가 봅니다."

"아니, 일 자체는 간단해. 우리 단골 고객 중에 레저 산업을 하는 회사가 있는데…."

상사가 그렇게 말문을 열었고, 청년은 고개를 끄덕거렸다.

"아, 요즘 한창 잘나가는…."

"맞아. 그 회사가 고원지대에 호텔과 스포츠 클럽을 건설할 계획을 세웠어. 그리고 드디어 토지 매수 계약 단계까지 왔지."

"축하할 일이네요."

"그러니 지불할 토지 대금을 갖다달라는 의뢰가 들어왔네."

"수표면 되겠죠? 은행수표보다 확실한 건 없으니까요."

"그런데 그게 아니야. 현금을 가져다달라는 거야. 땅을 파는 사람이 그렇게 요구한 모양이더군. 수표를 못 믿는 고지식한 사람인지, 세금 때문인지… 우리로서는 거기까지 파고들어 물을 수도 없는 노릇이라."

"금액이 대체 얼마나 됩니까?"

"상당한 액수야…."

상사가 숫자를 말했다. 어마어마한 거금이라 평생을 놀고먹으며 호사스러운 인생을 몇 번이나 보낼 수 있는 금액이었다.

"엄청나게 큰 거래군요."

"그걸 자네가 좀 운반해 줬으면 해. 준비는 다 됐네. 지금 가져오지."

사무실에서 나간 상사가 크고 튼튼한 가방 두 개를 들고 돌아왔다. 그리고 가방을 열었다. 안에는 고액지폐 다발이 빽빽이 들어차 있었다.

청년의 눈이 휘둥그레졌다. 은행에서 일하기 때문에 늘 큰 숫자를 다룬다. 또한 지폐도 눈에 익숙하다. 그러나 이렇게 어마어마한 목돈을 실제로 접하는 건 처음이었다. 청년이 중얼거렸다.

"멜론라이스와 검라이스…."

"이봐, 무슨 뚱딴지같은 소리야. 자네라면 괜찮겠다 싶어서 뽑았는데."

"마음을 안정시키기 위한 주문 같은 겁니다. 지폐도 이렇게 많이 모아 놓으니 정말 장관이군요. 이 가방을 제가 운반하는 건가요?"

"그렇지. 자동차로 4시간 정도면 갈 수 있을 거야."

상사가 가방에 자물쇠를 채우고, 행선지를 적은 종이쪽지를 건넸다.

"그런데 너무 어마어마한 거금이라 솔직히 손이 좀 떨립니다."

"그렇게 호들갑 떨 거 없어. 그쪽 회사 직원이 자동차를 가지고 지금 아래 주차장에 와 있어. 그 차를 타고 가면 돼. 이 건에 관해서는 관계자 외에는 아무도 몰라. 그러니 도중에 습격당할 위험은 없지. 가방을 가지고 그쪽에 도착하면 그걸로 끝이야. 자, 그럼 잘 부탁하네."

주차장으로 내려가자 자동차가 기다리고 있었다. 상사가 운전석의 젊은 남자에게 청년을 소개했다.

"돈을 운반할 우리 은행의 담당자입니다. 모쪼록 안전 운전 부탁드립니다."

"네, 잘 알고 있습니다."

"이것이 가방 열쇠입니다."

"네, 확실하게 받았습니다."

상사가 그 직원에게 가방 열쇠를 건네주었다. 가방은 청년이 조심스럽게 들고 운전석 옆 조수석에 올라탔다.

"그럼, 다녀오겠습니다."

"출발은 잠깐만 기다려 주게…."

상사가 그렇게 말하고 잠시 자리를 비웠다. 청년은
옆에 있는 직원에게 인사를 건넸다.

"잘 부탁드립니다."

"저야말로 잘 부탁드립니다. 그건 그렇고 엄청난
거금이군요. 절대 사고 같은 게 나지 않도록 조심하
겠습니다."

긴장한 기색이 역력한 상대에게 청년이 말했다.

"아, 정말 마음을 안정시켜 주는 주문이라도 외우든
가 해야지, 원. 멜론라이스와 검라이스…."

그러자 옆에 있는 직원이 물었다.

"당신은 어느 쪽을 좋아합니까?"

"물론 검라이스죠."

두 사람은 한순간 서로의 얼굴을 쳐다보았다. 상대
가 먼저 소스라치게 놀라며 외쳤다.

"엇, 당신은 잭팟교 신자군요!"

"그러는 당신도…?"

둘은 손을 부여잡았다. 청년이 상대에게 물었다.

"당신은 언제부터 신자로…?"

"1년 전쯤부터예요. 교단 본부에 한 달 정도 다니면서 계속 기도를 올렸고, 또 강의도 들었습니다. 그렇게 기회라는 것은 꾸준히 기도를 드리면 반드시 찾아온다는 교리를 믿게 됐습니다. 제가 진심으로 믿으니 교단 쪽에서도 인정해 주셔서 정식으로 신자가 될 수 있었죠. 그래서 아까 그 주문도 배웠습니다. 그런데 이건 암호도 되는군요. 신자인지 아닌지 구별할 수 있는…."

청년도 자기에 관해 이야기했다.

"저는 신자가 된 지 10개월 정도 됐습니다. 좀 더 일찍 믿음을 가지려고 마음먹었으면, 본부에서 서로 친해질 수도 있었겠네요. 아쉽습니다."

"그런 건 아무래도 상관없지 않습니까. 과거야 대수로운 문제가 아니죠. 거기서 친구가 안 된 게 오히려 나은 걸지도 몰라요. 좀 전에 만났을 때, 우리가 서로 오랜만이라고 인사라도 나눴다면 당신 상사가 경계했을 겁니다."

상대의 말에 청년도 동조하며 대답했다.

"듣고 보니 그렇군요. 어쨌든 우리 둘 다 신자라는

걸 알았어요. 다행입니다. 절호의 기회가 찾아왔네요. 이제 어떻게 하시겠습니까. 저는 진행할 생각이지만, 그것도 당신의 결심 여하에 달렸습니다. 당신이 내키지 않는다고 하면, 안타깝지만 포기하겠습니다. 잭팟 신도는 억지로 강행하면 안 됩니다. 흐름을 거역하지 말라는 가르침을 받았으니까요."

그러면서 청년은 상대의 반응을 살폈다. 상대는 청년의 그런 염려를 시원하게 날려 버렸다.

"당연히 해야죠. 정말이지 하루하루가 너무 따분해요. 회사는 경기가 좋지만 저의 수입은 조금도 오르질 않아요. 성실하게 일하는데, 승진도 전혀 안 되고요. 뭐 그럭저럭 결혼은 했지만, 아내도 도무지 마음에 들질 않아요. 도망치고 싶어서 죽을 지경입니다. 잭팟교를 믿게 된 것도 그런 이유 때문이죠. 신자가 된 보람이 있네요. 이런 엄청난 기회를 만났으니 말입니다."

"저도 똑같은 심정입니다. 은행에서 일하면 회사가 망할 걱정은 없지만, 아무런 자극도 없어요. 앞날이 훤히 보이죠. 매일같이 남의 돈만 세면서 삽니다. 죽어라 계산만 해 대죠. 심지어 내 장래까지 계산할 수 있을 정도예요. 정년 때까지 내가 총 얼마의 급여를 받게 될지 알 수 있단 말입니다. 한번 신나게 놀아 보지도 못 하고 일생을 마쳐야 한다고 생각하면, 조바심이 나서 견딜 수가 없어요. 목돈이라도 있으면 그걸 밑천으로 뭐든 해 보고 싶지만, 여간해서는 그런 기회가 없잖습니까."

두 사람은 너무나 평범한 일상에 관한 불만을 털어놓았다. 상대가 물었다.

"목돈이 생기면 제일 먼저 뭘 하고 싶으세요?"

"한동안 조용한 곳에서 쉬면서 짜증스러웠던 회사 일을 잊어버리고 싶어요. 쉬면서 천천히 생각해 봐야죠. 하지만 아직 돈이 수중에 들어온 것도 아니라⋯."

"그렇군요. 저도 구체적인 계획은 없습니다. 잭팟교의 신자인 이상, 기회에 대한 희망을 버려서는 안 되겠지만, 안이한 생각도 경계해야죠. 모든 건 돈을 확실하게 손에 넣은 후에 생각해도 늦지 않아요."

그런 대화를 나누는 중에 청년의 상사가 돌아왔다. 힘이 세 보이는 남자와 함께. 두 사람에게 그 남자를 소개했다.

"이 사람은 우리와 계약한 경비 회사 직원이네. 말하자면 경호원이지. 두뇌 회전이 빠르고, 실력도 상당히 뛰어난 사람이라고 들었어. 가장 믿을 만한 사람을 뽑아서 보내 달라고 부탁했거든."

"아아, 그렇군요."

"이 차를 타고 자네들과 같이 가게 될 거야. 그만큼 안전하다는 뜻이지."

"그렇겠군요."

청년과 레저 회사의 직원은 서로 얼굴을 마주 보았다. 내심 적잖이 실망스러웠다. 이런 훼방꾼이 들어오는 바람에 거금을 들고 도망치려는 계획도 포기할 수밖에 없게 생겼다. 모처럼 얻은 소중한 기회였지만, 장애물이 나타났을 경우, 강행 돌파해선 안 된다는 게 잿팍교의 계율이었다. 억지로 밀어붙이는 것은 스스로에게도 득이 되지 않는다.

불만스러워 보이는 두 사람을 보고 상사가 말했다.

"물론 자네들 둘이라도 문제는 없겠지. 하지만 예상치 못한 만일의 사태를 대비한 조치야. 어쨌든 어마어마한 거금이니까. 이 친구 운전도 할 수 있다고 했으니, 가는 길에 졸리면 어려워 말고 교대해."

"알겠습니다."

"그럼, 이제 출발하지. 잔소리처럼 같은 말을 반복

해서 미안하네만, 각별히 조심하고!"

"네. 반드시 무사히 현금을 잘 전달하겠습니다."

청년이 대답했다. 이렇게 된 이상, 주어진 일을 확실하게 완수해 낼 수밖에 없었다. 거금을 손에 넣을 꿈은 사라졌지만, 현재의 직장을 잃지는 않는다. 기회야 언젠가 다시 찾아오겠지.

자동차가 은행을 출발했다. 흔하디흔한 차종이었다. 현금수송 차량인 게 한눈에 드러나는 차를 사용하면, 그거야말로 일이 커진다. 경찰도 몇 명이나 동승시켜야 한다. 이렇게 눈에 잘 안 띄는 차를 이용하는 게 되레 현명한 판단이다.

혼잡한 도심의 거리를 빠져나와 교외로 접어들자, 경치도 조금 좋아졌다. 운전석에는 레저 회사 직원이, 그 옆 조수석에는 은행 청년이, 경호원은 뒷좌석에 앉아 있었다.

아무도 입을 열지 않았다. 청년은 기분이 안 좋았다. 정말로 안 좋았다. 모처럼 잘 풀려 가는 참이었는데, 이런 경호원이 동승하게 될 줄이야.

뒤에 있는 경호원은 두뇌 회전이 빠르고 실력도 뛰어나다고 했다. 이 가방에 거금이 들어 있다는 사실도 알고 있을 게 틀림없다. 가는 길에 혹시 혼자 독차지할 마음을 먹지 않을까? 만에 하나 그렇게 되면, 이쪽 두 사람이 맞붙어도 상대가 안 될 것 같았다.

기분이 나빴다. 그런 사태가 벌어지면 얌전히 돈을 건넬 수밖에 없다. 이쪽 책임이 아니다. 그런 경호원을 고용한 은행 책임이지.

"긴장되는군요."

경호원이 말을 건넸다. 운전하던 레저 회사 직원이 떨떠름한 표정으로 성의 없이 대꾸했다.

"뭐, 당연한 거 아니겠습니까."

"긴장을 누그러뜨릴 수 있는 주문이라도 읊어 드릴까요?"

"그러시죠."

"멜론라이스와 검라이스. 멜론라이스와 검라이스…."

많이 놀랐는지, 한순간 운행 중인 차가 휘청거렸다. 은행 청년이 쿡 찌르며 주의를 주자, 레저 회사 직원은 그제야 운전대를 고쳐 잡았다. 그러고는 설마, 하는 말투로 물었다.

"당신은 어느 쪽을 좋아합니까?"

"물론 검라이스죠."

"세상에, 이럴 수가! 사실은 저도 그래요."

"얘기가 잘 맞는군요. 그런데 앞에 계신 은행 분은 이런 데 흥미가 없겠죠?"

그들의 대화를 듣고 있던 청년은 더는 참지 못하고 기쁨에 겨운 목소리로 끼어들었다.

"걱정하실 거 없습니다. 저도 잭팟교 신자입니다."

"세상에, 이럴 수가! 이런 상황에서 이토록 기막힌 우연으로 마주칠 줄이야. 정말 뜻밖이군요. 그러고 보니 아까 두 분 다 기분이 좀 안 좋아 보이시긴 했어요. 모처럼 두 사람이 만났는데, 나라는 미지의 인물이 끼어들었으니…."

"그렇죠. 그런데 당신은 이 거금에 관심이 있습니까? 이 정도로는 부족하다. 좀 더 큰 기회를 노리고 싶다. 그렇게 말씀하시면, 강제로 실행하지 않는 게 우리 교리니까요."

청년의 질문을 받은 경호원이 대답했다.

"아뇨, 아뇨, 천만에요. 이걸 놓치면 언제 다시 기회가 올지 모르잖습니까. 정말이지 꿈에 그리던 상황입니다. 경호 업체에서 벗어날 수 있는 절호의 기회죠. 잭팟교 신자가 되길 정말 잘했어요. 저의 하루하루가 어떤 삶인지 들려드리죠. 과거의 업무 상황을 기록한 내용을 바탕으로 컴퓨터가 이리 가라 저리 가라 지시를 내립니다. 저는 그 명령에 따라 나가서 온몸을 던져 타인을 지켜 내는 겁니다. 너무 비참하고 한심스럽죠."

"이해합니다, 이해해요. 큰돈을 거머쥐어서 자유로워지고 싶다. 아까도 하던 얘기지만, 우리가 잭팟교에 들어온 건 바로 그런 이유에서죠. 언젠가 기회는 찾아온다. 그 희망만이 따분한 일상을 버텨 내는 힘이 됐어요. 설령 아무 일도 일어나지 않고, 평생을 그대로 끝내더라도…."

"그런데 결국 이렇게 현실로 이뤄졌지 뭡니까. 잠자코 흘려보낼 순 없죠. 신께서 인도해 주시는 거예요. 이보다 큰 기회가 찾아올 리 없어요."

세 사람은 순식간에 의기투합했다. 운전하던 직원은 또다시 주의가 흐트러져서 하마터면 추돌할 뻔하다 허겁지겁 브레이크를 밟으며 말했다.

"도무지 믿기지 않는 행운이야. 흥분해서 손이 덜덜 떨려요. 운전하실 수 있으면, 교대 좀 해 주시겠습니까?"

경호원이 말했다.

"저도 똑같은 심정입니다. 마침 저쪽에 휴게소가 보이네요. 어때요, 저기서 좀 쉬면서 앞으로의 계획을 의논해 보죠. 제가 지금까지 겪었던 경험 중에서 도움이 될 만한 지식도 공유할 수 있을 것 같은데."

자동차는 휴게소에서 멈췄다. 모두 안으로 들어갔다. 청년은 가방 두 개를 손에서 놓지 않았다.

"식사라도 하실까요?"

"아, 시간이 벌써 그렇게 됐나요? 그런데 가슴이 너무 벅차서 식욕도 전혀 없군요. 축배라도 들고 싶지만, 운전 때문에 그럴 수도 없고요. 혹여 음주 운전으로 걸리면 일이 다 수포로 돌아가잖습니까. 커피 정도로 끝낼까요?"

잠시 후, 커피가 나왔다. 다 같이 컵을 부딪치며 건배했다. 청년이 경호원에게 말했다.

"당신은 돈을 챙기면 먼저 뭘 하시겠습니까?"

"문제는 바로 그거죠. 기다리지 못하고 냅다 써 버리면 안 돼요. 교리에도 나와 있잖습니까. 세상의 관심이 가라앉을 때까지 발각되지 않도록 몸을 숨기는 게 선결 과제입니다. 줄곧 생각했던 건데, 저에게 좋은 생각이….”

레저 회사 직원이 입을 열며 끼어들었다.

“하지만 일단 수입의 5퍼센트를 잭팟교 본부로 송
금해야 해요. 그렇지 않으면 교리에 위배됩니다. 벌 받
을 거예요.”

“그야 당연하죠. 이런 행운을 만난 것도 우리가 신
자가 된 덕분이니까. 우리는 인색한 사람이 아니에요.”

그들은 자꾸 터져 나오는 웃음을 애써 억누르며 대
화에 폭 빠져들었다.

그때 한 남자가 다가와서 이렇게 말을 건넸다.

“여러분, 기분이 꽤 좋아 보이십니다. 그런데 세상
사는 그렇게 뜻대로 풀리지 않는 법이에요.”

눈빛이 날카로운 남자였다. 경호원이 물었다.

“무슨 소리예요? 당신은 대체 누굽니까?”

“그 가방을 예의 주시하는 게 제가 맡은 일이죠.”

“어떻게 이 가방에 관해 알고 있지? 분명 관계자 외에
는 비밀일 텐데. 수상한 놈이군. 그냥 넘어갈 순 없어!”

그 남자가 신분증을 내보이며 말했다.

“자자, 난폭한 행동을 하면 안 됩니다. 나도 관계자
예요. 그 가방 속의 내용물에는 도난보험이 들어져 있

습니다. 나는 그 보험회사의 탐정 부서 관계자입니다. 여러분, 악행을 포기하세요. 돈을 가로채서 나눠 가지겠다니, 삶이란 게 그렇게 쉽게 풀리진 않습니다. 당신들 세 사람이 어떻게 그렇게 빨리 뜻이 맞았는지 너무 궁금하지만, 역시 거금의 매력 때문이겠죠."

보험회사 탐정이 미행하고 있었을 줄이야. 이렇게 되면 계획은 중단할 수밖에 없다. 청년이 말했다.

"가로채다니요, 말도 안 됩니다. 우린 함께 돈을 운반하는 중이었어요. 차를 오래 타서 여기서 잠깐 한숨 돌리는 것뿐입니다. 배도 고프고 해서. 멜론라이스와 검라이스…."

"어디서 시치미를 떼! 나한테 매수 따윈 안 통해. 난 임무에 충실한 사람이야."

안타깝게도 이 탐정은 잭팟교 신자가 아니었다.

"그렇겠죠. 우리도 임무에 충실해요. 무슨 증거로 가로채려 했다고 몰아세우는 겁니까? 여기는 목적지로 가는 여정에 있는 지점이에요. 잠깐 쉬는 것뿐이란 말입니다. 괜한 생트집을 잡으면 우리가 나중에 보고서에 쓸 거예요. 그렇게 되면 당신 신용에도 문제가 생기지 않겠습니까?"

"증거는 충분해. 얼굴 생김새만 봐도 바로 알아. 이 분야에서 오랜 세월 일했어. 성실하게 직무에 임하고 있는지, 갖고 튈 작당이 끝났는지 정도는 구분한단 말이지. 이제는 경찰에 맡기면 돼. 철저히 조사하고 거짓말탐지기를 쓰면 그 즉시 명백해지겠지."

"경찰이라고…?"

"좀 전에 근처 경찰서에 전화해 뒀어. 형사가 곧 올 거다."

잠시 후, 한 남자가 차를 운전해서 다가왔다. 안으로 들어와서 모두가 모여 있는 곳으로 오더니 경찰수첩을 보여 주었다. 사복형사였다.

"전화 받고 왔습니다. 현행범입니까?"

탐정이 설명했다.

"그런 건 아닙니다만, 거금을 운송하는 중입니다. 횡령 미수라고 할 수 있겠죠. 수상쩍은 낌새가 보여서 만일을 대비해…"

"그렇군요, 잘 알겠습니다. 그런데 여기서 바로 결론을 낼 수는 없겠군요. 일단 돈을 목적지까지 운반하는 게 선결 과제 아니겠습니까. 좋아요. 내가 동승해서 지켜보죠. 조사는 그 후에 진행하겠습니다."

"그건 고마운 말씀이군요. 부탁드리겠습니다. 그럼, 저는 지금까지의 경위를 보험회사에 전화로 보고하겠습니다. 형사님이 그렇게 해 주시면, 제 역할은 이제 끝난 것 같습니다."

세 사람과 형사가 차에 올라탔고, 그곳을 출발했다. 세 사람은 너무 실망한 나머지 모두 침묵했다. 형사가 중얼거리듯이 말했다.

"정말 이상한 사건이야. 저 녀석은 갖고 튀려고 했다고 주장하지만, 아직 범행이 발생하진 않았잖아. 단속할 방법이 없군. 이게 대체 무슨 일인지. 멜론라이스와 검라이스…."

대화가 오고 갔고, 차 안은 순식간에 환호성으로 가득 찼다. 뒤를 돌아봤으나 아까 그 탐정은 완전히 안심했는지 뒤따라오는 기색도 없었다. 형사가 말했다.

"저는 신자가 된 지 2년 됐습니다. 오랫동안 묵묵히 기다려 온 보람이 있군요. 이 주변 도로는 손바닥 들여다보듯 훤합니다. 어떻게 하면 빠져나갈 수 있는지도…."

잠시 후, 자동차는 목적지 방향과는 다른 좁은 샛길로 접어들었다.

상공의 저승사자

외국으로 가는 그 여객기의 승객은 별로 많지 않았다. 그리 큰 비행기가 아닌데도 빈자리가 눈에 띌 정도였고, 소란스러운 단체 손님도 없어서 조용했다. 들리는 소리라곤 어렴풋하게 전해지는 제트엔진 소리 정도였다.

그러나 그 평온한 분위기도 얼마 후 깨졌다. 승무원의 안내 방송이 기내에 흘러나오기 시작한 것이다.

"이제 곧 구름 속을 통과하겠습니다. 거친 기류가 예상되오니, 승객 여러분은 모두 자리에 앉아 안전벨트를 착용해 주십시오."

곧이어 여객기가 짙은 구름 속으로 들어갔고, 주위가 얼마쯤 어두워졌다. 기체가 그리 많이 흔들리지는 않았지만, 훨씬 더 심각한 사태가 발생했다. 날카로운 번갯불이 번쩍이더니 굉음이 울려 퍼졌다. 기체로 벼락이 떨어진 듯했다. 조명이 깜박거리기를 몇 차례나 반복했고, 비행기는 가까스로 뇌운雷雲에서 빠져나왔다.

여객기는 원래대로 다시 고요해졌다. 그러나 조금 전과는 완전히 다른 상황이었다. 제트엔진 소리가 어딘지 모르게 이상했다. 또다시 기내에 방송 흘러나왔다.

"승객 여러분께 알려 드립니다. 엔진에 이상이 생겨서 고도를 낮추겠습니다. 이제부터 승객 여러분은 승무원의 지시에 따라 행동해 주시기 바랍니다. 진정하십시오. 혼란은 위험합니다. 진정하십시오…."

긴장된 말투였다. 그러나 객석에서는 별다른 소동이 발생하지 않았다. 이상하다 싶을 정도로. 승객이 많지 않아서일까, 군중심리에 휩쓸리는 사태로는 이어지지 않았다. 서로 대화를 주고받지도 않았다.

조종실에서 나온 승무원은 잰걸음으로 통로를 지나 뒤쪽 자리로 향했다. 바짝바짝 타는 입을 커피나 와

인으로 적시려는 모양이었다. 물 한 모금을 마신 그녀
는 이내 자기 입장과 직무를 떠올릴 수 있었는지, 의
연하게 행동하려고 애썼다. 불안감에 휩싸인 승객들
을 다독여야 했다.

그녀는 먼저 바로 옆 좌석에 앉아 있는 노부인에게
말을 건넸다.

"당황하지 마시고…."

"그런 주의를 줄 필요는 없어요. 나는 아까부터 기
도를 올리고 있었으니까."

노부인의 침착한 태도에 그녀는 마음이 놓였다.

"그러셨군요. 그럼 같이 기도 드려요. 무사히 구조
될 수 있도록…."

"난 그런 기도를 올리진 않았어요. 신에게 감사하
고, 천국에 가게 해 달라고 기도하는 중이에요."

"아니, 어떻게 그런…."

"어설픈 위로는 필요 없어요. 조종실에서 나온 당신
표정만 봐도 알아요. 새파랗게 질려 있던데요. 꽤 심각
한 상황잖아요?"

"아직 그렇게 단언하기는…."

"아니, 됐어요. 이미 각오를 마쳤으니까. 이 비행기

에 탄 보람이 있었던 거지….”

“왜 그런 생각을 하세요? 실례지만, 조금 이상하신
건 아닌지….”

“난 정상이에요. 잠시 제 이야기를 좀 해 볼까요?
난 꽤 오래전에 남편을 먼저 보냈어요. 그 후로는 외동
아들을 키우는 게 유일한 삶의 보람이었죠. 그 아들이
얼마 전에 간신히 대학을 졸업했어요.”

“축하드려요.”

“다음 얘기도 들어 보세요. 그런데 그 아들이 말이
죠, 불과 얼마 전에 교통사고로 죽어 버렸어요. 이제
아시겠어요? 저는 인생에 아무런 희망도 없어요. 산송
장이나 다름없다고요. 하지만 내가 믿는 종교에서는
자살을 금하죠. 기분 전환이라도 될까 싶어서 이 비행
기를 탔는데, 사고가 나다니. 이제 곧 남편과 아들을
만날 수 있게 됐어요. 그러니 신의 은총이라고 말할 수
밖에요. 정말 얼마나 기쁜지….”

“그러시다면 제가 더 이상 끼어들 여지는 없는 것
같네요. 마저 조용히 기도를 올리시죠.”

승무원은 그곳을 떠나 조금 더 앞쪽 좌석에 있는 손
님에게 가서 말을 건넸다.

"부디 침착하게 행동…."

마흔 살쯤 된 그 남자 손님이 말했다.

"침착해야 할 사람은 내가 아니라 당신이겠죠. 이 건 희망이 없어요. 고도를 낮춘다고 했지만, 낮추는 게 아니라 떨어진다는 표현이 맞겠지. 다시 말해 조금씩 추락하는 거죠. 그리고 그 아래는 바다고. 손쓸 방법이 없다는 건 나도 알아요."

"그런 건 아니에요. 우리 승무원들은 자신을 희생해 서라도 끝까지 승객의 안전을…."

"그런 뻔한 소리는 필요 없어요. 이 사고로 가족에 게 거액의 보상금을 남겨 줄 수 있게 됐으니까. 이젠 죽어도 여한이 없어요."

"도저히 제정신으로 하시는 말씀이라고는…."

"그래요. 당신 눈에는 내가 미친 것처럼 보일 수도 있겠어요. 뭐 실제로도 미쳤지만요."

"세상에, 이게 무슨 일이람. 상황이 상황이니만큼 난동은 피우지 말아 주세요. 이런 말씀을 드려도 소용 없을지 모르겠지만."

"아니, 지금은 멀쩡해요. 오래전부터 갖고 있는 지 병이 있는데, 일종의 정신장애죠. 석 달에 한 번 정도

이긴 하지만, 흉악하기 이를 데 없는 상태가 돼요. 그래서 남들에게 꽤 많은 피해를 끼쳤고요. 특히 처자식에게는 내내 걱정만 끼쳤지 뭐예요. 발작할 때마다 입원해서 저축할 할 상황도 아니었고요. 그것뿐인가, 빚까지 졌어요. 어떻게든 치료해 보려고 내로라하는 의사에게 정밀 검사까지 받았으니까."

"결과가 어떻게 나왔나요?"

"절망적이었죠. 계속 악화될 뿐이라나. 다음에 발작을 일으키면 사람을 죽일지도 모른다더군요. 그렇다면 사람이 없는 원시림 속으로라도 피하려고 처자식에게는 말도 안 하고 나온 거예요. 남에게 밝힐 생각은 없었지만, 구조될 가망이 없다는 걸 알았으니 털어놓는 거죠."

"아, 저런…."

더 이상 대화를 이어 갈 수가 없었다. 비행기 추락을 기뻐하는 상대에게 무슨 말을 어떻게 더 하랴.

승무원은 다시 앞 좌석 쪽으로 걸어갔다. 거기에는 젊은 남녀 한 쌍이 앉아 있었다. 손을 꼭 부여잡고 서로 어깨를 기대고 있었다. 행복해 보이는 두 사람이었다. 그들의 불안을 가라앉혀 줘야지.

"마음 단단히 먹고, 불안해하지 마세요."

청년이 웃으면서 대답했다.

"우리는 괜찮아요. 설마 이렇게 될 줄은 상상도 못했어요. 우리 두 사람은 지금 최고로 행복합니다. 이대로 바다에 가라앉게 될 줄은 몰랐는데… 왜 좀 더 일찍 이 방법을 떠올리지 못했는지….

"무슨 말씀인지 도무지 못 알아듣겠는데요."

"그럼 알려 드리죠. 상황이 이렇다면 당신에게서 말이 새어 나갈 걱정도 없으니까. 게다가 우리를 이해해 줄 사람이 한 명 더 생기는 셈이니까 꼭 들어 주세요. 사실 우리는 거리에서 우연히 만나 사랑에 빠졌습니다. 얼마나 깊이 사랑했는지 모릅니다. 태어나길 정말 잘했다고 뼈저리게 실감했죠. 그렇지…?"

그와 동행한 여자도 그 말에 고개를 끄덕였다. 두 사람이 주고받는 눈길이 그들의 관계를 고스란히 전해 주었다. 그러나 승무원으로서는 더더욱 의문만 더해 갔다.

"멋진 연애를 하시네요. 그건 좋은 거잖아요?"

"그런데 그렇질 못해요. 우리 둘은 같이 살 수가 없습니다. 사정이 있어서."

"옛날이면 몰라도 요즘 세상에는….."

"저희 아버지는 조직 폭력단의 보스예요."

옆에 앉은 여자가 그 말을 받아 다음과 같이 덧붙였다.

"우리 아버지는 검사고요."

"이거면 설명이 충분하겠죠? 둘이 도망치는 방법도 있겠지만, 그랬다간 우리 아버지의 체면이 말이 아니게 되겠죠. 부하들을 통제할 수 없게 됩니다. 언젠가는 검사 딸과 같이 산다는 사실도 밝혀질 테고요. 아버지를 곤란하게 만들고 싶진 않아요. 아버지가 하는 일을 옳다고 생각하진 않지만, 역시 부자지간의 정이란 게 있으니까."

"저도 마찬가지예요. 그래서 일단 외국으로 가려 했는데, 그 자유도 결국 시간문제겠죠. 아버지가 각국 경찰에 수사를 의뢰할 테고, 바로 잡아다가 끌고 갈 테죠. 그럴 바에야 차라리 여기서 바다에 가라앉는 게 제일 좋아요. 승객 명단을 조사해도 우리가 그냥 우연히 같이 탔다고 여길 테니까요. 물론 아버지는 슬퍼하겠지만, 그보다 더한 사회적인 불명예로 번지지는 않을 거예요."

"이렇게 돼서 정말 다행이야. 승무원 님, 고마워요. 그런데 살짝 걱정은 되는군요. 우리 아버지가 이 항공사에 들이닥쳐서 난동을 부리지는 않을까 해서. 그렇다고 기쁜 마음으로 죽어 갔다는 말은 이제 전할 방법도 없으니…. 아니다, 그랬다간 아버지의 화만 더 돋울지도 모르겠군요."

"저어, 이제 시간이 별로 안 남았죠? 우리 둘만 있게 해 주세요. 사랑을 속삭이고 싶고, 키스도 하고 싶으니까…."

"실례가 많았습니다."

승무원은 살짝 민망해졌다. 그녀는 현재의 사태가 최악인 걸 잘 알고 있었다. 연인이 부러운 마음도 들었다. 자기는 혼자였다. 게다가 직업상 맡은 바 임무를 끝까지 완수해야 한다. 고독을 떨쳐 내려면 그 방법밖에 없었다.

그녀는 다시 앞 좌석 쪽으로 가서 외국인 손님에게 말을 건넸다. 서른 살쯤 되어 보였는데, 침통한 표정 때문인지 훨씬 더 나이 들어 보였다.

"마음을 굳게 가지세요. 희망을 놓지 말고…."

"극도로 낙담한 저의 속마음을 어떻게 아셨죠?"

"어떻게 알다니요, 엔진에 이상이 생겨서 고도가 계속 낮아지고 있고, 이 주변에는 섬이 하나도 없어요. 걱정스러우실 것 같아서."

"아, 그래요? 그건 몰랐습니다. 과연, 사고였군요."

"아 네, 뭐 간단히 말하자면…."

"일이 재미있게 됐군요. 다시 말해 구조될 방법이 없다는 거죠?"

"아니, 그러니까 마지막까지 희망을…."

"적당히 얼버무리지 않아도 돼요. 이렇게 됐으니 모든 걸 털어놓죠. 혼자만 즐기면 재미없으니까. 사실 나는 비밀 정보부의 요원이었습니다. 이렇게 말하면 듣기에는 좋겠지만, 결국은 스파이죠. 당신 나라에서 활동했어요."

"뭐라고요…!"

"너무 걱정할 거 없어요. 당신 나라에 있는 적대국 녀석들을 상대로 정보를 수집했으니까. 그런데 실수만 저질렀죠. 상대의 비밀은 하나도 못 캐내고, 속아서 나만 모든 얘기를 해 버렸으니까."

"엄청난 손해를 봤네요."

"손해로만 끝나지 않았어요. 그 사실이 본국에 알

려져서 나는 소환 명령을 받아 돌아가게 됐습니다. 어디로든 망명을 하고 싶었지만, 동료들의 감시가 너무 철저해서 결국 이 비행기에 오를 수밖에 없었어요. 돌아가면 책임 규명을 하고, 배신자라는 오명을 뒤집어쓴 채 본보기로 극형에 처해질 겁니다. 그런 운명이 눈앞에 기다리고 있었던 거죠. 그런데 여기서 사고사를 당하면, 모든 게 어둠속에 묻혀 버리고 아마도 난 순직으로 처리되겠죠. 명예도 지킬 수 있어요. 그렇게 처리할 수밖에 없는 윗대가리 놈들의 표정은 궁금하지만 말입니다."

"그런 사정이 있으셨군요."

"구조될 가망이 없다는 걸 알았기 때문에 털어놓은 겁니다. 윗대가리 놈들, 꼴좋게 됐죠. 웃음이 절로 나오는군요."

"하하 그럼, 편안하게⋯."

승무원은 어처구니가 없어서 다른 손님 쪽으로 이동했다. 스물여덟 살쯤 되어 보이는 남자가 있었다. 살짝 취해 있었다. 그가 승무원을 향해 말했다.

"위스키 좀 갖다주세요."

"안 됩니다. 이런 상황에서는 드릴 수 없어요."

"구조될 가망이 있다면 또 모르죠. 하지만 솔직히 지금 이 상황에서는… 전 여객기를 수없이 타고 다녔어요. 예전에도 이런 일 겪어 봐서 압니다."

"그때는 구조되신 거잖아요."

"그러니까 지금 이렇게 살아 있겠죠. 하지만 그때는 구조 진행 상황을 기내 방송으로 계속 안내해 줬거든. 지금 상황으로 보건대, 조금 전 벼락으로 무전기까지 고장 난 거 아니에요? 제 말이 맞죠?"

"하지만 절망하기에는 아직….'

"이렇게 된 이상, 헛된 희망을 갖고 몸부림치는 것보다는 각오를 다지는 게 더 나아요. 어딘가에 무사히 착륙한다고 해도, 어차피 난 죽은 목숨이니까."

"무슨 사정이라도 있으세요?"

"그래, 속이라도 시원하게 털어놔 버릴까. 난 일류 무역상사의 직원인데, 부업으로 마약 운반책도 했어요. 아니, 뭐 그렇게 놀랄 건 없잖아요? 마저 고백하자면, 솔직히 돈벌이가 상당히 좋았어요. 돈이 있다 보니 자연스레 도박에 손을 댔고, 중독되고 말았죠. 룰렛에 거의 미쳐 있었어요. 결국 가진 돈은 순식간에 사라졌고, 그러고도 정신을 못 차려서 마약을 빼돌려 다른 데

173

다 팔았어요. 물론 그 돈도 다 써 버리고 말았고. 역시 나쁜 짓을 하면 끝이 안 좋아. 하긴, 애초에 마약 운반 자체가 나쁜 짓이긴 하겠네요."

"지금이라도 경찰에 자수해서…."

"벌써 조직에 발각 나 버렸어요. 경찰도 날 지켜 주지는 못 해요. 눈에 띄는 즉시 없애 버릴걸. 자수하면 근무하던 회사의 신용에 누만 끼치는 꼴이고. 그것만이라도 막는 게 최소한의 의리라고나 할까. 이륙할 때부터 이 비행기가 영원히 날아가 주면 좋겠다고 생각했어요. 이런 결과가 가장 좋겠죠."

"무슨 말씀을 드려야 할지…."

"이제 알았으면 술 좀 주세요."

"제 손으로는 드릴 수가 없어요. 정 드시고 싶으면 뒤쪽에 있으니 직접 따라 드세요."

"참 성실한 분이네요. 그럽시다. 내가 알아서 마시죠."

승무원은 다른 손님 쪽으로 이동했다. 서른 살가량의 여성이었다.

"기분은 좀 어떠세요…?"

"뭐, 어쩔 수 없다는 심정이죠."

"그렇게 생각하기에는 너무 이른데…."

"괜찮아요. 사실은 제가 한 달 전쯤에 남편을 독살했어요. 사체는 차로 옮겨서 산속에 버렸죠. 그러고는 재산을 가로챘어요."

"어떻게 그런 끔찍한⋯."

"그런데 경찰이 그 사체를 발견한 모양이에요. 상황이 좀 이상하게 돌아가는 느낌이 들어서 외국으로 도망치려고 했던 거예요. 그런데 이런 일을 당할 줄이야. 인과응보라는 걸까요? 죽은 남편이 매일 밤 꿈에 나타나서 앙갚음을 하겠다고 별렀거든요. 분명 이걸 두고 한 말이겠죠. 이제는 악몽도 끝나겠네요."

"아무튼 조용히 쉬세요."

승무원은 그 자리를 떠났다. 왜 이렇게 괴상망측한 승객들만 모였을까. 아니면 승객이란 본래 이런 사람인 법일까? 평소에는 자기 이야기를 입 밖에 내지 않으니 모르고 지나가지만⋯.

퍼스트클래스 좌석 쪽으로 들어갔다. 거기에는 예순에 가까운 남자 둘이 즐겁게 웃고 있었다. 승무원이 말을 걸었다.

"이런 일이 벌어져서 대단히 죄송합니다. 최선의 노력을 다하고 있습니다."

"사과할 거 없어요. 노력해 봐야 소용없어. 이런 상황에서 구조될 리가 없잖은가. 아무튼 마지막이라도 즐겁게 보내야지."

"도저히 그런 기분은⋯."

"그렇군. 우리는 방금 깊은 우정으로 인연을 맺었네만. 이렇게 속을 다 털어놓고 교제한 건 난생처음이야."

"무슨 말씀이신지?"

"나는 사업가인데, 돈을 벌기 위해 고약한 짓을 꽤 많이 했지. 불량 제품도 취급했고 탈세도 저질렀어. 하지만 최근에는 너무 과도하게 문어발식 확장을 하는 바람에 자금 사정이 안 좋아. 매우 힘들어졌어. 힘든 정도가 아니야. 엄청난 적자지. 파산도 시간문제야. 그런데 이렇게 막을 내리면 체면도 안 깎이고, 뒤처리 때문에 고역을 치를 필요도 없겠지. 이 나이에 머리를 조아리며 다니는 것도 못할 짓일 테니, 마침 잘됐어. 이제 다 포기하고 체념할 때라는 신의 계시로 받아들이려고."

"이쪽 분은?"

"나는 공무원이네."

사업가가 보충 설명을 해 주었다.

"고위 관료시지. 실력이 대단한 분이야."

"출장 가시는 길인가요?"

"마지막 출장이려니 했는데, 실제로 그렇게 되고 말았구먼. 민간업자를 멋대로 조종해서 툭하면 뇌물을 뜯어냈지. 그 돈의 일부를 상사에게 바쳤기 때문에 승진도 빨랐어. 뇌물 수수하기 더 수월한 지위를 꿰찼지."

"그건 너무하네요."

"이제 와서 화낼 건 없잖나. 그런데 그걸 냄새 맡은 녀석이 있었어. 증거를 잡고 나를 협박하기 시작했지. 돈을 내놓지 않으면 다 폭로하겠다고 말이야. 야당에서 추궁하거나 신문 기사라도 나면, 실직으로 끝나는 게 아니라 바로 감옥행이야. 출장 다녀올 때까지만 기다려 달라고 일시적으로 모면할 핑계를 댔는데…."

"그런 출장일 줄은…."

"이젠 돌아갈 일도 없겠지. 그래서 서로 지금까지 벌인 악행을 숨김없이 털어놓는 중이었어. 왠지 마음이 후련해지는군. 병으로 죽는다면 이렇게까지 타인과 즐겁게 얘기를 나눌 순 없겠지."

공무원이 웃었고, 사업가는 고개를 끄덕였다.

"그렇고말고. 당신네 관공서의 과장 말인데, 그자가

여자라면 아주 사족을 못 썼지. 그게 언제였더라….”

"그랬다고? 아니 왜 나한테는 여자를 소개해 주지 않았나? 당신네 회사는 성실하고 인색한 줄만 알았지 뭔가. 나만 손해 봤네. 좀 더 뜯어낼걸."

"버스는 이미 떠났네. 자네가 이렇게 매수하기 쉬운 사람일 줄은 꿈에도 몰랐으니까. 하하하!"

흡사 십년지기처럼 떳떳치 못한 비밀 얘기까지도 허심탄회하게 나누었다. 승무원은 조종실로 들어가서 기장에게 물었다.

"전망은 어때요?"

"할 수 있는 한 최선을 다하고 있어. 최선을 다하고, 하늘의 뜻을 기다릴 수밖에…. 집중력이 흐트러지면 안 되니까 자리를 좀 비켜 주게. 승객들이 소란을 피우지 않도록 그쪽을 신경 써 줘."

"네. 다들 좋은 승객들뿐이라…."

조종실에서 나오긴 했지만, 그녀의 대화 상대는 아무도 없었다. 밖에는 죽음을 즐기는 인간들뿐. 그녀는 화가 치밀었다.

하나같이 다들 착각하고 있어. 인생은 훨씬 귀중한 거야. 생명을 하찮게 여겨도 유분수지. 만약 이 위기를 모면할 수 있다면, 모두 기적을 믿고 다시 출발하려고 새롭게 눈을 떠 줄까.

고도는 상당히 많이 낮아져 해수면이 가까워졌다. 그녀는 자기 직무를 떠올렸다. 승객들에게 호소했다.

"좌석 밑에 구명조끼가 있습니다. 그걸 착용해 주세요. 입는 방법은 지금 알려 드리겠습니다."

그녀가 구명조끼를 착용했다. 평상시의 설명과 달리, 정말로 조끼를 부풀렸다. 그런데 아무도 그 지시를 따르려 하지 않았다.

해수면이 더욱 가까워졌다. 창밖으로 시선을 돌린 그녀가 들뜬 목소리로 외쳤다.

"아, 저기 보세요! 증기선이 보여요. 구조될 가능성이 높아졌어요. 기장이 그 옆으로 어떻게든 여객기를 댈 거예요. 저는 그와 동시에 비상구를 열겠습니다. 기체는 바로 가라앉기 시작하겠지만, 수영을 하면서 기다리면 틀림없이 구조될 거예요!"

누군가가 그녀에게 달려들더니 우격다짐으로 그녀의 구명조끼를 벗겨 버렸다. 그러고는 승무원의 손발까지 끈으로 묶었다. 그것을 말리는 사람은 아무도 없었다.

비정한 요구

그날, 나는 혼자 살인 계획을 세우고 있었다. 어느 여성을 도저히 더는 그대로 놔둘 수가 없었기 때문이다. 예전에 내 여자였던 그녀. 나는 그녀에게 상당히 열을 올렸고, 그녀 쪽에서도 마음이 전혀 없었던 것은 아니다. 그런 관계였다.

나는 3년 전쯤에 강도 짓을 했다. 이유를 밝히자면, 그 여자가 원하는 게 워낙 많았기 때문이다. 그녀가 기뻐하는 얼굴을 보고 싶었고, 그러다 결국 범죄를 저지른 것이다.

처음 몇 번은 잘 풀렸지만, 얼마 후 발각이 나서 체

포되고 말았다. 그러고는 감옥에서 세월을 보내게 되었다. 그러나 그동안 여자는 단 한 번도 면회를 오지 않았다. 병이라도 났다면, 어쩔 수 없다. 먹고사는 게 힘든 나머지 여유가 없었다면, 그것 또한 용서가 된다.

그러나 그런 이유가 아니었다. 내가 감옥에 들어가자마자, 그 여자는 여우처럼 돈 많은 남자를 꾀어서 약삭빠르게 결혼했다. 그 뒤로 유유자적한 나날을 보내고 있는 것이다.

출소한 후에야 그 사실을 알았다. 화가 솟구쳐서 견딜 수가 없었다. 나는 그녀를 위해 복역한 거나 다름없었다. 억울함과 분노는 살기가 되어 내 몸과 정신을 감쌌다. 전화를 걸어 봐도, 나라는 사람은 모른다는 냉담한 대답만 돌아왔다.

이렇게 된 이상, 그 여자를 살려 둘 수는 없었다. 옛 동료에게 권총을 샀다. 이걸로 여자의 숨통을 끊어 놓을 것이다.

저지를 거면 한밤중이 좋겠지. 복면을 쓰고 쳐들어가기로 하자. 그런데 그 남편은 어떻게 처리하지?

남편까지 죽일 생각은 없다. 차라리 인질로 삼는 게 좋을지도 모른다. 그놈에게 운전을 시켜서 도주하는 거다. 안전하다고 여겨지는 곳까지.

기왕 내친김이니, 목돈을 받아 낼까? 아무래도 돈은 있는 게 좋으니까. 그렇다면 마지막은 어떻게 할까. 남편이 내 정체를 못 알아채면, 기절시키는 정도로 끝내면 된다. 하지만 발각이 되면, 안됐지만 처리해 버리자. 증인은 없는 편이 좋다. 이제 두 번 다시 감옥 생활은 하고 싶지 않다.

온갖 실행 방법을 머릿속으로 검토해 보았다. 별생각 없이 텔레비전에 나오는 달착지근한 가요 프로그램을 보면서. 살인 계획과는 너무나 다른 세계의….

바로 그때, 텔레비전 화면 아래에 자막이 떴다. 광고려니 하면서도 나는 무심코 그것을 읽고 말았다.

—뉴스 속보. UFO로 보이는 물체가 각국에서 목격되었습니다. 자세한 내용은 밝혀지는 대로 다시 보도하겠습니다.

뭐라고? 너무 놀랍군. 대체 이게 무슨 일이지? UFO가 뭔지는 안다. 우주인이 타고 다니는 물체 아닌가. 그런 물체가 정말로 있다면 분명 재미야 있겠지만, 도저히 실재한다고 믿기지는 않는다. 자기 눈으로 똑똑

히 봤다는 기사를 이따금 읽긴 하는데, 그 후속 보도가
나온 적은 없었다.

그런데 이건 뭐지? 텔레비전 뉴스 속보로 나오다
니. 그래도 보나 마나 엉터리일 게 뻔하다. 처음에는
새로운 수법의 광고겠지 생각했다. 이러나저러나 세
상을 몹시도 혼란스럽게 하는 이야기다.

하지만 이는 헛소문도, 농담도 아니었다. 가요 프로
그램이 끝나자, 임시 특별방송이 시작되었다. 아나운
서가 나와서 심각한 말투로 이야기했다.

—원반 모양의 UFO 한 대가 지구 상공을 돌고 있
습니다. 별로 높지 않은 고도에서 고속으로 날아다니
고 있어 각국에서 목격자가 속출하는 상황입니다. 레
이더에도 그 존재가 잡힙니다….

잇달아 새로운 뉴스가 보도됐다. 어느 나라에서는
지역 사령관이 다른 나라 비행기의 영공 침범으로 추
정하고, 독단적으로 공격 명령을 내린 듯했다. 미사일
이 여러 발 발사되었으나 명중하지는 않았다고 한다.

그러던 중에 영상으로 촬영된 비행 물체가 화면에
나왔다. 레이더에 측정된 고도를 고려하면 상당한 크
기로 추정되었다.

텔레비전에서는 아무런 해설도 나오지 않았다. 해설해 줄 사람을 부를 시간적 여유가 없었겠지. 애당초 앞으로 무슨 일이 벌어질지 예측할 수 있는 사람이 있을 리 없다.

"큰일이 벌어졌군. 과연 어떻게 될까?"

누구나 그렇겠지만, 나는 이 사건에 흥미를 품었다. 살인 계획은 당분간 연기한다. 그거야 언제든 실행할 수 있는 일이지 않은가. 일단 이 상황이 어떻게 흘러가는지 지켜보기로 하자.

비행 물체는 그 실체를 드러내며 계속 날아다녔다. 누구도 그것을 환각이라고 부정할 수는 없었다. 게다가 그 물체는 언제까지고 날기만 하지는 않았다. 마침내 남태평양에 있는 무인도에 착륙한 것이다. 착륙 상황은 항공기 관측으로 확인되었다. 금속성 은빛 물체가 그 섬에 있었다. 그 사진이 텔레비전에 띄워졌다.

이렇게 해서 대혼란의 막이 올랐다.

가만 놔둘 수도 없었다. 곧바로 각국이 연락을 취했고, 각각의 함선을 출동시켰다. 함선들이 서로 합류하자, 함대가 편성되었다. 잠정적으로 결성된 사령관과 참모단 등이 그 섬으로 긴급히 출동해 해상에서 미지의 비행 물체를 포위하는 형태를 취했다.

함대 하나에는 텔레비전 카메라와 중계방송용 장치가 가득 실렸다. 그렇게 하지 않으면, 세상 사람들의 불안은 진정되지 않기 때문이다.

덕분에 나 같은 사람도 이 사태를 구경할 수 있었다. 섬에 착륙한 원반은 직경이 50미터, 높이가 50미터 정도 된다고 밝혀졌다. 정지한 채로 있었고, 안에서는 아무도 나오지 않았다.

함대 쪽도 경계 태세만 취할 뿐, 아무런 움직임도 보이지 않고 있었다. 앞으로 어떻게 될까? 한동안 무겁고 암울한 침묵의 시간이 흘러갔다.

나는 단지 구경꾼이지만, 함대에 탄 사람들은 문제를 해결해야 할 당사자다. 앞으로 어떻게 대처할지 다양한 논의를 펼쳤겠지. 그 결과, 스피커를 이용해 말을 걸어 보기로 결정된 듯싶다.

"지구에 오신 것을 환영합니다. 어디에서 오셨습니까?"

대화 시도는 일단 영어로 이뤄졌다. 하긴, 어느 나라 말이든 상관없다. 동시통역으로 바로 우리말로 번역되니까. 별 기대 없이 시도했는데, 놀랍게도 물체에서 바로 대답이 돌아왔다. 영어로 말을 건네서 그런지 대답도 영어였다.

"네놈들이 알아서 뭐 해! 추접스러운 바보 멍청이들 같으니!"

듣는 사람이 무심코 발끈하게 되는 답변이었다. 첫마디가 이렇게 나올 줄이야. 하지만 상대는 다른 별에서 온 방문객이다. 지구 언어에 익숙하지 않아서 오해가 빚어졌을 가능성도 있다. 오히려 처음부터 모든 일이 잘 풀리는 게 더 이상하다. 지구 측은 계속해서 대화를 시도했다.

"오랜 여행으로 많이 피곤하시겠습니다."

"뭔 소릴 지껄이는 거야. 쓸데없는 참견하지 마!"

"우리 지구에서는 가능한 한 여러분을 환영해 드리고 싶습니다. 무슨 희망 사항이라도?"

"쳇! 웃기고 있네. 정말 지질하군. 멍청한 놈들."

말을 걸 때마다 고약한 독설이 날아왔다. 텔레비전으로 이 상황을 보고 있는 사람들도 모두 불쾌했을 게 틀림없다. 나도 그랬다. 그런데도 지구 측은 계속 말을 걸었다. 상대의 기분을 풀어 주려고 노력했다. 그대로 놔둘 수도 없는 노릇이니까.

"대체 지구에는 뭘 하러 오셨습니까?"

"네놈들을 마음대로 조종하러 왔다."

그 말에는 모두 다 발끈했다. 무시당하는 건 그나마 낫다. 의견 교환이 불가능하다면 포기할 수도 있다. 지나치게 허물없이 구는 게 불안하다면 불안했지만, 그것도 뭐 견딜 만하다. 침략을 한다면 또 그에 맞게 뜨거운 맛을 보여 줄 작전을 전개하면 된다.

그런데 이건 대체 무슨 태도란 말인가. 사람을 바보 취급하고, 뻔뻔스럽게 마음대로 지껄여 댔다. 나까지 화가 치밀었다. 텔레비전 화면의 대화도 한동안 중단되었다. 앞으로 어떻게 해야 할지 대책 회의를 하고 있겠지.

모든 나라가 강력한 여론의 압박에 시달린 모양이다. 저걸 저대로 가만 놔둘 거냐는 압박에. 이 지구에서 인류는 만물의 영장이다. 평소에는 의식하지 않았을지 몰라도 이렇게 노골적으로 바보 취급을 당하자, 인류는 자존심에 상처를 입었다. 저들을 이대로 못 본 척한다면, 그게 무슨 문명이겠는가. 우리에게는 자긍심이 있다. 해치워 버려라! 실력을 보여 줘라! 각국의 정부가 그런 의견을 함대로 전했다.

잠시 후, 의사소통 시도가 재개되었다. 이번에는 강경한 내용이었다.

"이런 모욕은 더 이상 용서할 수 없다. 적의를 품은 상대로 간주하고, 20분 후에 공격을 시작하겠다. 공격을 당하고 싶지 않으면, 조속히 퇴각하라!"

원반에서 대답이 들려왔다.

"바보 같은 놈들! 바보는 경멸받아 마땅한 존재야. 바보를 바보 취급한 게 무슨 잘못이냐! 그깟 위협에 겁먹을 우리가 아니다. 쓰레기는 아무리 모아도 결국 쓰레기일 뿐이야. 정말 구제할 길이 없는 멍청이들이군…."

외계인들은 끝없이 독설을 퍼부었고, 그렇게 20분이 지났다. 사령관의 명령이 떨어졌다.

"목표를 향해 공격!"

모든 군함의 대포와 로켓포는 이미 목표물을 조준하고 있었다. 그것들이 일제히 불을 내뿜었다. 항공모함에서 이륙한 군용기는 폭탄을 비처럼 퍼부었다. 장렬하기 이를 데 없는 광경이 펼쳐졌다. 이런 광경은 난생처음이었다. 누구나 마찬가지겠지. 지금 이 상황은 영화 장면 같은 게 아니라 실제 상황이었다.

이 정도면 됐겠지. 그런 분위기로 공격이 중지되었다. 그러나 연기가 바람결에 씻겨 간 후 모습을 드러낸 물체는 이전과 조금도 다름없이 여전히 건재했다.

섬의 형태도 바뀌지 않았다. 아무래도 원반 주변으로 눈에 보이지 않는 방어벽이 생성되어서 모든 공격을 막아 낸 듯했다.

인류의 공격은 아무런 효과도 거두지 못했다. 텔레비전을 통해 그것을 확인한 순간, 모두가 심상치 않은 불안감에 휩싸였다. 그토록 많은 탄약을 쏘아 댔는데, 상대는 끄떡도 없이 멀쩡했다. 그럼에도 나는 일말의 기대를 품었다. 겉보기에는 멀쩡하지만, 내부에 있던 녀석들이 살아남았을 리 없다고.

그런 기대를 뒤집어엎듯이, 원반에서 소리가 들려왔다.

"그게 끝이냐? 아직 핵무기가 남아 있다고 말하고 싶겠지만, 그래 봐야 헛수고다. 그것 말고는 고작해야 레이저나 독가스 정도겠지. 하고 싶으면 해 보든가. 여기 꼼짝 않고 있어 줄 테니까…."

물체는 움직이려 하지 않았다. 핵무기 같은 걸 써 봐도 아마 소용없겠지. 함대는 손쓸 방법이 없는지 그저 주위만 에워싸고 있었다. 원반에서 목소리가 이어졌다.

"분명히 말하지만 공격을 먼저 시작한 건 네놈들이다. 자 그럼, 이번에는 우리 차례다!"

저 거대한 함대가 한순간에 전멸당하겠구나 싶었다. 아마 승무원들은 각오를 다졌겠지. 도망치려 해도 그럴 만한 시간이 없었다.

물체 위쪽에서 뭔가가 발사되었다. 무시무시한 속도로 빠르게 하늘로 사라졌다. 슬로비디오로 다시 봐도, 작은 물체가 이동했다는 것밖에 확인할 수 없었다.

함대에는 이렇다 할 이상이 없었다. 상대는 대체 무슨 짓을 한 걸까?

잠시 후, 예상치도 못 했던 곳에서 피해 보고가 들어왔다. 유럽에 있는 작은 도시가 무지막지한 굉음과 함께 폐허로 변해 버렸다고 한다.

그 상황이 화면에 나타났다. 전에는 더없이 아름다운 도시였는데, 모든 건물이 산산조각이 났다. 수만 명의 주민이 한꺼번에 목숨을 잃었다. 믿기지 않는 광경이었다.

차마 눈 뜨고 볼 수 없는 참상이라고 말하고 싶지

만, 조금 달랐다. 인간도 건물도 똑같이 흔적도 없이 재가 되어 버렸기 때문이다. 피해의 범위 또한 명백하게 한정적이라 그 외부에 있던 사람들은 건물 파편에 맞거나 긁히는 정도의 가벼운 부상으로 그쳤다. 전사자는 나왔지만, 부상자는 없는 것이다. 드라이한 살인 방식이라는 인상을 받았다.

여하튼 죽음이라는 점에서는 변함이 없다. 고통 없이 순식간에 죽었다고 해도, 참을 수 없는 일이었다. 다음 공격 목표가 여기일지도 모른다고 생각하니, 나 역시 몸이 바르르 떨렸다. 한시라도 빨리 도망쳐야 한다.

원반이 말했다.

"하나로는 실감이 안 나겠지? 한 발 더 날려 볼까."

나는 목을 움츠렸다. 다행히 이번에 공격을 당한 곳은 북미의 초원이었다. 일정 지역이 나무 한 그루, 풀 한 포기 남지 않고 모조리 재가 되었다. 인간 사망자는 다섯 명이었지만, 그 밖에 소 200마리가 재로 변해 버렸다. 원반에서 목소리가 흘러나왔다.

"도시에서 도망치면 살 수 있을 거라고 생각한다면 큰 착각이야. 바보 멍청이들! 안전하게 숨을 곳은 어디에도 없어. 혹시나 해서 지면을 조사해 보겠지. 아주 깊은 곳까지 영향이 미쳤을 거다. 지하 방공호에 숨어도 소용없을걸."

이 모든 상황은 텔레비전으로 중계되었고, 누구에게랄 것 없이 사실로 보였다. 상대가 다시 말했다.

"네놈들 같은 멍청이는 이걸 막을 방법이 없어. 한 방 더 먹여 주지. 조준이 얼마나 정확한지 보여 주마."

또다시 심장이 오그라들었다. 이번에야말로 여기일까. 그런데 잠시 후 텔레비전에서 보도가 나왔다. 그들이 노린 곳은 여기가 아니었지만, 그것과 별개로 놀라운 정확도를 증명해 보였다.

쉽게 말해 북극점, 그 두꺼운 얼음에 커다란 구멍이 뚫린 것이다. 추위 덕에 바닷물이 결빙돼서 구멍은 얼마 안 가 다시 막혀 버렸지만.

"이왕 내친김이니, 덤으로 하나 더 쏴 드리지."

남미의 어느 도시 하나가 당했다. 또다시 수많은 인명 피해가 발생했다. 정말 피도 눈물도 없다는 표현이 딱 들어맞았다. 이럴 줄 알았으면 먼저 공격하지 말걸 그랬다 후회해도 이미 엎질러진 물이었다. 그렇다고 해서 가만 놔둘 수도 없었다. 지구 측에서 다시 한번 대화를 시도했다.

"얼마나 강한지 확실히 알았습니다. 제발 살살 해 주십시오."

"이제야 알았나? 바보들은 정말 어쩔 도리가 없군. 뜨거운 맛을 봐야만 말귀를 알아듣는다니까."

"그쪽의 요청을 받아들이겠습니다. 대표를 한 사람 보내 드릴 테니 만나 주십시오."

"그렇게 하지."

보트가 섬으로 향했다. 한 사람이 양손을 들어 적의가 없음을 알리고 원반으로 다가갔다. 아래쪽 일부가 열렸고, 남자는 그 안으로 들어갔다.

잠시 후, 남자가 다시 밖으로 나왔다. 그와 동시에 외계인 놈들의 목소리가 들렸다.

"네놈들은 정말 열등한 생물이야. 지금 저 녀석이 뭐라고 했는지 알려 주마. 자기 나라가 지구에서는 가장 발전했다면서 손을 잡자고 지껄이더군. 나 참 어이가 없어서… 이번에야말로 본때를 보여 주마."

그 나라의 수도가 공격당해 수만 명에 이르는 사람과 건물이 재로 변했다. 원반에서 나온 남자는 그 소리를 듣고, 섬의 나무에 목을 매고 자살했다.

정말로 그런 제안을 했는지 어떤지, 진상은 알 수

없었다. 이런 절박한 상황에서도 자기 나라를 우선시하고 싶었을까. 아니면 그 말은 사실무근이고 이 모든 게 적들의 계략이었을까. 텔레비전 아나운서는 계략설이라고 전하며, 세계의 동요를 막으려고 애썼다. 나로서는 판단을 내릴 수 없는 일이었다.

원반에서 퍼붓던 공격은 한동안 잠잠해졌다. 지구 측의 대화 시도도 중단되었다. 관계자들이 대책을 협의하고 있겠지. 이렇게 되면 협상하러 가는 데도 엄청난 용기가 필요하다. 화면에는 계속 원반만 나왔다.

그 안에서 푸른색의, 난생처음 보는 생물체가 나타났다. 저게 다른 행성인일까? 정체를 알 수 없는 그것은 바닷가로 가서 물을 길으려 했다. 딱히 무기는 소지하지 않은 것처럼 보였다.

지구 측에서도 뒷짐만 지고 있지는 않았다. 수중 호흡기를 달고 바닷속에 잠입해 있던 몇몇 사람이 달려들어 푸른 생명체를 붙잡았다. 보트에 태운 채로 함대 쪽으로 돌아오기 시작한 것을 보고, 지구 측에서 원반을 향해 대화를 시도했다.

"한 놈 잡았다. 이번에 또 공격을 하면, 이놈 목숨은 보장할 수 없어."

드디어 해냈군, 인질을 잡았어. 적의 약점을 잡았다! 나는 그렇게 생각했다. 누구나 같은 생각이었겠지. 그런데 상대의 반응은 다음과 같았다.

"한심하긴. 네놈들 바보짓은 기가 막힐 지경이야. 그런 일로 기뻐하다니. 잔꾀도 정도가 있지. 시시한 짓거리는 집어치워. 본때를 보여 주마. 잘 봐 둬!"

말이 끝나기가 무섭게 푸른색 생물체가 폭발했다. 보트와 승무원은 그 자리에서 산산조각이 났다.

텔레비전 아나운서가 한 가지 가능성을 제기했다. 아마도 좀 전의 생물체는 타행성인이 아니라 내부에 폭발 장치가 설치된 고성능 로봇이었을 거라고. 그 말을 듣고 보니, 그럴지도 모르겠다는 생각이 들었다. 정말 만만치 않은 강적이었다.

아직까지는 적의 정체를 전혀 알 수가 없었다. 원반 내부가 어떻게 되어 있는지, 그 안에 어떤 놈들이 타고 있는지, 그리고 대체 무슨 목적으로 지구에 왔는지도.

상대가 말했다.

"좀 더 혼이 나 봐야 뼈저리게 실감하겠군. 수준 차이가 얼마나 나는지 본때를 보여 주마!"

놈들은 하루에 한 곳 꼴로 연속해서 공격해 대기

시작했다. 아프리카, 동남아시아 그리고 우리나라까지 공격을 당했다. 피해 보고를 듣고 소름이 끼쳤다. 우리나라에서 공격당한 지역은 얼마 전까지 내가 복역했던 감옥이 있는 도시였기 때문이다. 출소가 조금이라도 늦어졌으면, 지금쯤 나는 재가 되었을 것이다.

각국의 국민들도 모두 두려움에 떨고 있을 게 틀림없었다. 이대로라면 언제 죽을지도 알 수 없었다. 사람들은 한시라도 빨리 무조건 항복해야 한다고 정부에 요구했다. 이랬다저랬다 이기적이고 제멋대로지만, 그게 바로 인간이다. 지구 측이 다시 대화를 시도했다.

"저희가 졌습니다. 앞으로는 절대 맞서지 않겠습니다. 잔꾀도 부리지 않겠습니다. 혹여 무슨 짓을 저지르는 놈이 나타나면, 저희 쪽에서 바로 처벌하겠습니다. 항복합니다."

"이제야 정신이 좀 드는 모양이군."

"여하튼 이런 상대는 처음 접하다 보니… 저희가 여러모로 실례가 많았습니다만, 부디 너그럽게 용서해 주십시오."

"우리 우주선을 처음 봤다고? 전에도 정찰용으로 몇 대나 날려 보냈는데? 그래서 이곳 실정도, 언어도 다 알고 있는 거다. 네놈들이 얼마나 바보인지도."

"아니, 그게 정찰선이었나요?"

"그럼 뭔 줄 알았나? 네놈들의 그 눈은 폼으로 달고 다니나?"

"아, 죄송합니다. 그런데 잠시 여쭙겠습니다만, 저희가 어떻게 하면 마음이 풀리실까요? 알려 주시죠."

"진작 그렇게 고분고분하게 굴었어야지. 좋다, 잘 든도록. 지금부터 우리가 요구하는 것을 만들어라."

"뭐든 만들어 드릴 테니, 말씀만 하십시오."

"너희 인간들의 사고를 조종하는 장치를 만들어 와."

한동안 침묵이 흘렀다.

"생각할 시간을 좀 주십시오."

지구 측 대표들은 일단 그렇게 대답했다. 어처구니없는 요구였다. 그런 걸 만들었다가는 전 인류가 놈들의 뜻대로 조종당하고 만다. 그러고 보니 상대는 처음부터 그런 말을 했다.

그건 그렇고, 다른 무엇보다 그런 장치를 지구인의 손으로 직접 만들어야 하다니. 그렇게 되면 인류의 역사도 문명도 존엄도 모두 짓밟혀 버린다. 거센 저항이 일었고, 의견이 분열되었다. 지구 측은 이렇게 대답했다.

"그것만은 곤란합니다. 자원, 식량, 미술품, 보석… 이런 거라면 얼마든지 드리겠습니다."

"그런 쓰레기 따윈 아무짝에도 쓸모없어. 우리는 분명히 원하는 걸 밝혔어. 그 물건을 만들어! 끝까지 싫다고 한다면…."

또다시 세계 각지가 피해를 입었고, 수많은 인명을 잃었다. 바다를 항해하던 호화 여객선도 재가 되었다. 다시 말해 바다로 도망쳐도 소용없다는 뜻이다. 이 지구상에 안전이 보장되는 곳은 어디에도 없다.

바야흐로 전 인류가 인질로 붙잡히고 말았다. 이 상태로 계속 가다간 인류는 조만간 멸망해 버릴지도 모른다. 결국 분열되었던 의견도 다시 일치되었다. 어떤 상황을 맞닥뜨리게 될지는 모르지만, 전 인류가 죽는 것보다는 나았다. 원반에 대답을 전했다.

"아, 알겠습니다. 바라는 대로 해 드릴 테니, 이제 그쯤에서 멈춰 주십시오."

"바보를 이해시키기는 정말 힘들군. 알았으면 꾸물대지 말고 빨리 시작해!"

"그런데 어떻게 만들어야 할지 짐작조차 못 하겠습

니다. 만드는 방법을 알려 주십시오."

"그런 건 니들이 고민해. 딱 1년 기다려 주겠다. 그 이상은 없어. 그때까지 완성이 안 되면, 강력한 독극물로 바다를 오염시켜서 바다 생물을 전멸시키겠다. 멸망을 각오하는 게 좋겠지."

"아, 알겠습니다. 반드시 만들겠습니다."

"1년이라고는 했지만, 완성이 빠르면 빠를수록 네놈들에게는 이로울 거다. 가끔 재촉할 테니 그리 알고!"

공격은 한동안 멈췄다. 나도 안도의 한숨을 내쉬었다. 자 그건 그렇고, 내가 뭘 하고 있었지? 살인 계획을 세우고 있었던 기억이 떠올랐다. 그러나 내가 언제 죽을지도 모르는 판국에 도저히 계획을 계속 고민할 여력이 없었다. 그것뿐인가. 까딱 잘못하면 1년 후에는 모두 같이 죽게 될 판이다.

사회는 얼마쯤 예전 상태를 회복했다. 모두 마음속으로 장치가 완성되길 기원했다.

전 세계의 학자, 혹은 뭔가 도움이 될 만한 인재들이 한곳에 모여 연구를 시작했다. 어떻게든 요구받은 물건을 만들어서 인류의 멸망을 막아야 했다. 그것이 완성되면 우리의 목을 조르게 되겠지만, 그래도 당장의 죽음보다는 낫다.

많은 사람들을 생체 실험 대상으로 이용했다. 비상 사태였으므로 인도적인 문제니 뭐니 따지고 들 상황이 아니었다. 그들 중 몇 명은 노이로제에 걸리고, 몇 명은 죽고, 몇 명은 폐인이 되었다.

상대는 한 달에 한 번 꼴로 예의 그 무기를 발사했다. 그때마다 어딘가에서 피해가 발생했고, 수많은 사람들이 죽어 갔다. 완성이 빠를수록 이로울 거라는 말을 실례로 보여 주는 셈이었다. 냉혹하고 비정하기 이를 데 없었다.

그렇다 보니 학자들도 필사적이었다. 전 세계의 우수한 두뇌들이 빠르고 날카롭게 회전되었다. 그 결과, 일종의 가스가 완성되었다. 역시 인간은 하면 된다. 그것을 살포하면, 인간의 사고를 조종할 수 있다고 한다.

"드디어 완성했습니다."

그 말에 상대가 대답했다.

"좋아, 이 섬으로 가져와서 실험해 봐."

우리를 섬 안으로 들여보내 주지는 않았다. 학자들은 옆에서 효과를 시현해 보였다. 녀석들은 안에서 관찰하고 있겠지. 실험이 한 차례 끝나자, 녀석들은 이렇게 말했다.

"뭐야, 기껏 그 정도냐? 좀 더 괜찮은 걸 기대했는데 실망이야. 이런 거 말고, 전자력을 이용해서 이 이상으로 강력한 효과를 올리는 장치를 만든다, 알겠나?"

"네."

"만일을 대비해 경고하는데, 섣부른 생각은 하지 마. 그런 걸 우리한테 사용하려 해도 소용없어. 이 내부에는 어떤 공격도 영향을 미치지 않으니까."

"그야 그렇겠죠."

"자, 빨리 시작해!"

뭐가 거슬렸는지, 녀석들이 또다시 어느 지역에 피해를 입혔다. 그들의 요구를 거역할 수는 없었다. 인류는 연구에 더욱 열을 올렸고, 각국은 분담해서 아낌없는 자금을 쏟아부었다.

그렇게 몇 달이 지났다.

"가까스로 완성했습니다."

지구 측의 보고에 상대가 대답했다.

"좋아, 가져와."

또다시 섬에서 실험이 실시되었다.

"이번에는 좀 나은 것 같군."

"마음에 들어하시니 기쁩니다."

"네놈들의 낮은 지능도 조금은 봐줄 만한 구석이 있었군. 그런데 이걸 만든 학자들은 뭘 하고 있나?"

"다음 요구가 있을지 몰라서 다 같이 모여 대기하고 있습니다."

"그건 마침 잘됐군."

과학자들이 모여 있는 도시가 한순간에 소멸되었다. 장치를 완성하기 위해 최선을 다한 학자들은 재로 변했다. 인정이라곤 털끝만큼도 없는 방식이었다. 그러나 반항할 방법도 없었다.

사고를 컨트롤하는 장치는 녀석들의 손에 넘어갔다. 개발에 관여했던 학자들이 모두 죽었으므로 방어할 방법을 개발할 가능성은 전혀 기대할 수 없었다.

녀석들은 그것을 어떻게 사용할까. 이제 우리 인류는 외계 생명체의 뜻대로 조종당하게 된다. 약속대로라면 인류의 멸종만은 면할 수 있겠지만 녀석들에게 그 이상의 호의를 기대할 수는 없다. 죽음보다 나쁜 상태가 될지도 모른다. 영원히 노예로 삼아 철저하게 혹사시킬지도 모른다. 이제 인류는 꼭두각시 인형이 되어 버린 것이다.

나 또한 각오를 다졌다. 이제 어떻게 될까. 어떤 끔찍한 꼴을 당하게 될까. 모두 그렇게 생각했을 게 틀림없다.

원반은 이륙해서 어딘가로 사라졌다. 섬에는 아무것도 남지 않았고, 모든 것이 원래 상태로 돌아왔다. 녀석들에게 파괴당한 몇몇 지역을 제외하면.

그리고 그곳도 마침내 복구되었다.

아무 일도 일어나지 않았다. 사회는 원반이 오기 전과 같아졌다. 노예가 되지도 않았다. 어떻게 된 일일까. 녀석들의 목적은 대체 무엇이었을까. 우리를 괴롭히며 즐겼던 것일까.

나는 예전에 고민하던 것을 떠올렸다. 살인을 계획하던 그때를. 그것을 떠올릴 수는 있었지만, 시도할 마음은 전혀 들지 않았다. 신기할 정도로. 이유는 딱히 짐작이 가지 않는다.

그러나 얼마 지나지 않아 그 까닭을 알게 됐다. 그렇게 생각하는 게 비단 나뿐만이 아니었던 것이다. 원반이 돌아간 뒤부터 흉악 범죄가 전혀 발행하지 않게 되었다. 살인 같은 건 아예 일어나지도 않았다.

통계에 따르면, 세계의 인구 증가가 멈췄다고 한다.

그런 현상을 보고 나는 상상했다.

아하, 녀석들이 그 사고 조종 장치를 작동시켰군. 발견되지 않는 곳에 숨겨 두고, 인명 존중, 평화, 인구 일정 유지 등의 상태로 작동을 세팅했겠지.

분한 마음도 들었다. 나의 사고가 컨트롤당한다고 생각하면, 너무 화가 났다. 시험 삼아 누군가를 죽여 볼까? 그런 생각까지는 할 수 있지만, 실행으로 옮기려고 하면 도무지 의지가 발동하지 않았다.

그 후로 세계 그 어디에서도 흉악 범죄, 인재人災로 인한 사고, 전쟁으로 인한 사망자가 전혀 나오지 않았다. 보통 때라면 사람들은 분명 너무나 허망하게 죽어나갔을 것이다. 녀석들에게 당한 것보다 몇 배나 더 많은 사람들이.

묘한 세상이 되어 버렸다. 앞으로는 이런 상태가 지속된다는 거겠지. 계속….

해설

나카다 고지 中田耕治

(일본의 평론가, 소설가, 번역가, 연출가)

여러분은 지금 호시 신이치의 뛰어난 단편집 『희망의 결말』을 다 읽으셨습니다.

일반적으로 비평가가 쓰는 작품 해설은 으레 그 작품의 내용을 언급하고, 독자가 미처 알아채지 못한 작가의 의도, 때로는 주제 등을 설명하게 됩니다. 그런데 저는 그런 해설을 쓸 생각이 없습니다.

이렇게 훌륭한 단편들에 새삼스레 무슨 해설이 필요할까요? 오히려 저 역시도 한 사람의 독자로서 호시 신이치의 기상천외한 발상과 기발한 스토리 전개, 그리고 하나같이 멋진 결말을 즐기고 싶습니다.

호시 신이치는 (장편도 있지만) 이른바 쇼트-쇼트의 대가로 타의 추종을 불허하는 작가라는 사실을 여러분도 잘 알고 계실 겁니다. 첫 단편집 『완벽한 미인』을 시작으로 이번 작품 『희망의 결말』에 이르기까지, 호시 신이치는 단편 작가로서 독자적인 영역을 개척해 왔습니다. 지금이야 쇼트-쇼트라는 단편 형식이 우리에게 익숙해졌지만, 그가 등장하기 전까지 이 장르는 다소간 조롱의 의미를 담아 '콩트'라고 불리며 한 단계 낮은 평가밖에 받지 못하곤 했었습니다. 실제로 재치 있는 콩트를 쓰는 사람을 콩트 작가라고 불렀는데, 그 어감에서도 은근히 경시하는 느낌이 배어 있었지요.

무려 그런 시대에 호시 신이치는 완전히 이질적인 작가로 등장했습니다. 아주 짧은 형식 속에 그때까지 누구도 생각지 못했던 아이디어를 응축시키고는 스토리를 전개해 나갑니다. 이것은 결코 쉬운 일이 아닙니다. 센스와 문학적인 감각이 탁월한 작가에게만 허용되는 일이니까요. 물론 치밀한 구성력은 말할 것도 없겠죠.

애당초 아이디어를 짜내는 원칙은 하나밖에 없다. 이질적인 것들을 어떻게 연결시키느냐에 달렸다. 상식의 틀을 깨고 싶다는 생각은 누구나 한다. 그러나 이 틀은 매우 단단해서 아무리 기다려도 저절로 깨지는 법은 없다. 이질적인 것과의 연결에 의해서만 비로소 가능한 것 같다.

시대의 최첨단은 무엇일까. 우주선이다. 시대에 뒤처지는 것은 무엇일까. 여우에 홀리는 현상을 들 수 있다. 그렇다면 여우에 빙의된 남자를 로켓에 태우자…. 나는 이런 방식으로 SF적 발상을 얻는데, 이는 비단 나뿐만이 아니라 다른 작가들도 그럴 테고, 또한 소설에만 국한된 이야기도 아니다.

놀라운 발상입니다. 흡사 초현실주의 미술에서 흔해 빠진 대상(이를테면 검정 우산)이 돌연 아무 관계도 없는 대상(이를테면 재봉틀) 옆에 놓이는 것과 같습니다. 게다가 이 두 가지 사물이 기묘한, 엉뚱한 장소(이를테면 해부대)에 놓이면, 그로 인해 우산은 우산의 목적을 잃고, 재봉틀은 재봉틀로서의 성질(정체성)을 잃고 맙니다. 막스 에른스트식으로 말하면, 이러한 상대성에 의해 진실이기도 하고 시적이기도 한 절대성에 도달하는 셈인데, 우산과 재봉틀은 '사랑을 했다'는 해석이 가능하게 됩니다. 호시 신이치는 초현실주의자는 아니지만, 그의 발상에는 이러한 이화異化와 동화同化라는 두 가지 작용이 있는 것입니다.

그런데 그 발상은 어떤 식으로 전개될까요? 그의

수많은 단편들 하나하나가 이른바 그 답안이 되는 셈인데, 대체로 다음과 같이 전개됩니다. 그때까지도 확실한 세계가 확실한 것으로서 존재하는 세계, 바로 질서의 세계가 있습니다. 그러는 한편 불확실한 것이 점점 더 불확실해져 가는 세계, 바로 혼돈의 세계가 있지요. 호시 신이치의 작품 속에서는 그런 질서의 이미지와 혼돈의 이미지가 맞서 싸울 때가 있습니다. 질서는 일상적인 경우의 질서라도 상관없습니다. 호시 신이치가 'N씨'를 등장시키거나 『왕자가 되지 못한 왕자なりそこない王子』 작업 무렵에 쓴 많은 단편들이 여기에 해당합니다. 질서의 이미지를 다룰 때, 호시 신이치의 세계는 따뜻한 유머가 담긴 희극이 되곤 합니다. 혼돈의 이미지를 다룰 땐 반대로 염세주의적인 우화가 되고 말지요. 저의 추론이 의심스러운 분은 『변덕력きまぐれ暦』에 실린 「행복감幸福感」이라는 에세이를 읽어 보시기 바랍니다.

자, 그런데 발상이 흥미로운 것만으로는 도저히 소설을 써 나갈 수 없겠죠. 호시 신이치의 탁월함은 그 발상을 경쾌하고 기묘하게 발전시켜 나가는 데 있습니다. 그것은 첫째로 효과적인 대화 사용법에서 나옵니다. 소설 속의 대사는 (비평가에게 있어서) 의외로 재미있는데, 어떤 소설이나 대체로 등장인물의 대화가 나오지만, 그 대화에서는 작가의 생리적인 숨결이 느껴집니다. 그리고 때로는 그 작가가 민감한 귀를 갖고 있는지 없는지도 상상할 수 있습니다. 호시 신이치의 대사는 (희극적인 대사와 비교할 때) 지극히 소설적이라고 할 수 있는 요소 중 하나입니다. 때로는 이야기의 플롯을 이끌어 가는 수단이기도 해서, 말하자면 화술의 대가라고 불러도 좋을 겁니다. 그는 '그가 말했다' '그녀가 말했다'라는 식으로는 거의 지정하지 않습니다. 그 대신 '형사는 그녀와 잠시 대화를 나눴다' '그는 질문에 대해 설명해 주었다'라고 설명하고, 바로 대화로 들어갑니다.

바로 이 지점에서 저는 호시 신이치가 수많은 독자들에게 사랑받는 이유 중 하나를 발견합니다. 그가 보여 주는 막힘없이 이어지는 대화는 윤활유처럼 소설 세계를 이끌어 나갑니다.

"정말 시끄러운 세상이야."
"단 한 번뿐인 귀중한 인생을 이런 자극과 소음의

바닷속에서 지내게 될 줄 누가 알았겠나."

클럽에 모인 사업가들의 화제는 언제나 이런 내용이었다.

"남해에서 적당한 섬을 찾아서 가끔 휴양이라도 하는 건 어떤가?"

"그야 좋지. 고요함은 역시 천연의 자연이 최고야. 방음장치로 만들어 낸 인공적인 고요는 아무래도 성에 안 차."

소리라고 해 봐야 야자나무 잎을 스치는 갯바람과 항구로 밀려드는 하얀 파도 소리뿐이고, 눈에 들어오는 광경은 파란 바다와 달빛뿐이었다. 이렇듯 한정된 사람들만 그런 곳에서 한동안 정적을 음미할 수 있었다.

「마지막 사업」에서

이것은 임의로 고른 작품의 도입부인데 얼마나 속도감 있게 이야기가 전개되는지, 그리고 대화만으로도 이야기 전개가 펼쳐져서 얼마나 쉽게 우리를 그의 세계로 끌어들이는지 알 수 있습니다. 호시 신이치 문학의 새로움은 이런 점에서도 드러납니다. 그러나 이

런 화술은 단지 새롭기만 한 게 아니라, 에도 라쿠고落
語(일본의 근세기에 생겨나 현재까지 계승되고 있는 전통적인 화술
기반의 예술 중 하나)의 전통을 이어받은 영향이기도 하
니, 그런 풍류도 놓치면 안 되겠지요. 호시 신이치처럼
첨단적인 작가에게 라쿠고를 갖다 붙이면, SF 팬들의
심기가 불편할지도 모르지만, 제 생각에는 이하라 사
이카쿠井原西鶴(에도시대 전기에 활동한 시인이자 소설가)의 말
투가 노사카 아키유키野坂昭如(일본의 작가, 가수, 작사가, 탤
런트, 정치가)에게 전해지거나, 기뵤시黃表紙(에도시대 중기
이후에 유행한 삽화가 들어간 통속소설)나 샤레본洒落本(에도시
대 중기에 간행된 화류계에서의 놀이와 익살을 묘사한 풍속 소설책)
의 익살과 풍류, 지구치地口(속담이나 그 밖의 어구에 음은 비
슷하나 뜻이 다른 말을 대입하는 재담, 언어유희)가 이노우에 히
사시井上ひさし(일본의 소설가, 극작가, 방송 작가)에게 흘러갔
듯, 호시 신이치도 라쿠고의 화술을 (물론 훨씬 세련된 형태
로) 이어받지 않았을까 상상해 봅니다.『미래의 이솝未
来いそっぷ』에서 가장 짧은「기이한 병奇病」은 그 자체로
도 훌륭한 쇼트-쇼트지만, 에도시대의 라쿠고 정취에
가까울 겁니다.

호시 신이치의 작품을 읽고 늘 경탄을 금치 못하

는 점은 마지막 결말입니다 쇼트-쇼트, 프랑스어로 치자면 콩트라는 이 장르에서는 결말이 거의 절대적인 조건입니다. 말하자면 전력으로 달려온 단거리선수가 결승선 테이프를 끊는 거나 마찬가지이지요. 그런데 어설픈 작가의 단편은 테이프가 선수 다리에 걸리거나, 결승선에 머리부터 밀고 들어오거나, 급기야 처음부터 테이프 같은 건 아예 없었다거나 하는 상황이 벌어집니다. 그런 면에서 호시 신이치는 언제나 멋진 피니시를 보여 줍니다.

그 피니시 전에 사실은 전력 질주와 같은 요소가 있습니다. '비틀기'가 바로 그것인데, 호시 신이치의 비틀기는 언제나 더할 나위 없이 멋집니다.

어느 만화가와 나눈 대화가 떠오릅니다. 그에게 4컷 만화에서 어떤 점을 가장 고심하느냐는 순진한 질문을 던진 적이 있습니다. 혼자 속으로 '아마도 네 번째가 아닐까' 짐작했는데, 만화가는 망설임 없이 "세 번째에 가장 많은 힘을 쏟죠"라고 대답했습니다. 요컨대 비틀기에 가장 많이 고심한다는 말입니다. 물론 작가와 만화가는 모두 개성이 강한 사람들뿐이니, 다른 생각을 가진 사람도 많을 겁니다. 하지만 비틀기가 필요한 표현 형식에서는 그 비틀기가 효과적인지 아닌지가 작품의 완성도를 좌우할 정도로 결정적인 요소가되겠죠. 게다가 호시 신이치는 어느 작품에서나 거의목표한 대로 성공적인 비틀기를 만들어 냅니다. 발상의 신선함만으로도 놀랍기 그지없는데, 그 비틀기가예외 없이 훌륭하니 이 작가가 갖고 있는 풍부한 자질이 쉽게 상상되시겠죠.

자, 마지막으로 문체인데, 이와 관련해서도 작가의말을 들어 봅시다. 문장은 뛰어나고 서툶의 문제가 아니라, 어디까지나 인품이라고 말하는 호시 신이치. 그는 유머가 없는 사람이 유머러스한 문장을 쓸 수는 없다고 말합니다.

사전을 옆에 두고 오자를 줄이기 위해 노력하고,글씨를 정성껏 쓰려고 신경 쓰면, 문장에는 저절로당신 인품의 좋은 면이 드러난다. 상대는 반드시 호감을 갖고 읽어 준다. 상대에게 그 내용이 전해지지않을 수도 있지만 당신의 존재는 반드시 전해지며,마음속 어딘가에 남을 것이다.

그거면 충분하지 않은가.

정말 옳은 말입니다. 저처럼 글씨가 지저분하고, 게다가 다른 사람의 흠을 들춰내서 먹고사는 거나 다름없는 비평가의 문장에는 인품의 좋은 면이 드러날 리 없겠죠. 다만 이렇게 호시 신이치라는 작가의 작가론을 쓸 수 있어 기쁘기 그지없는 마음, 이 마음 그대로가 오늘 이 글을 읽어 주신 독자분들에게 가닿길 바랍니다.

1976년 1월

호시 신이치 쇼트-쇼트 시리즈 05.

희망의 결말

1판 1쇄 인쇄	2023년 12월 6일
1판 1쇄 발행	2023년 12월 21일
지은이	호시 신이치
옮긴이	이영미
발행인	황민호
본부장	박정훈
책임편집	김사라
기획편집	강경양
마케팅	조안나 이유진 이나경
국제판권	이주은 정유정
제작	최택순
발행처	대원씨아이㈜
주소	서울특별시 용산구 한강대로15길 9-12
전화	(02)2071-2019
팩스	(02)749-2105
등록	제3-563호
등록일자	1992년 5월 11일
ISBN	979-11-7172-231-0 04830
	979-11-6979-492-3 (SET)